DE LA MÊME AUTRICE

Aux Éditions Gallimard

SIRÈNE, 1985 (« Folio » nº 3415).

LA GIRAFE, 1987 (« Folio » nº 2065).

ANATOMIE D'UN CHŒUR, 1990 (« Folio » nº 2402).

L'HYPNOTISME À LA PORTÉE DE TOUS, 1992 (« Folio » nº 2640).

LA CARESSE, 1994 (« Folio » nº 2668).

CELUI QUI COURT DERRIÈRE L'OISEAU, 1996 (« Folio » nº 3173).

DOMINO, 1998 (« Folio » nº 3551).

LA NOUVELLE PORNOGRAPHIE, 2000 (« Folio » nº 3669).

LA REINE DU SILENCE, 2004 (« Folio » nº 4315).

VOUS DANSEZ ?, 2005 (« Folio » nº 4568).

LES INSÉPARABLES, 2008 (« Folio » nº 5042).

PHOTO-PHOTO, 2010 (« Folio » nº 5407).

JE SUIS UN HOMME, 2013 (« Folio » nº 5732).

LA PLAGE, 2016 (« Folio » nº 6333).

LES CONFIDENCES, 2019 (« Folio » nº 6897).

LE PALAIS DES ORTIES, 2020 (« Folio » nº 7020).

Aux Éditions du Mercure de France

UN ENFANT DISPARAÎT, 2005 (« Le Petit Mercure »).

Aux Éditions Actes Sud Papiers

LA CONFUSION, 2011.

ADOPTEZ UN ÉCRIVAIN, 2012.

LA COURSE AUX CHANSONS, 2012, illustrations Christophe Merlin (« Heyoka Jeunesse »).

NOËL REVIENT TOUS LES ANS, 2014.

LA VIOLENCE DES POTICHES et autres monologues féminins, 2016.

Suite des œuvres de Marie Nimier en fin de volume

PETITE SŒUR

MARIE NIMIER

PETITE SŒUR

roman

nrf

GALLIMARD

C : Si je pouvais me délivrer de toi sans pour autant te perdre.

A : Ce n'est pas toujours possible.

SARAH KANE, *Manque*

I

Le départ

Je viens de me relire et je m'aperçois que j'ai parlé de mon frère comme s'il était vivant. Le passé est raconté au présent, et le présent au passé, comment s'y retrouver ? Il n'y a plus qu'à tout mettre à la poubelle et tout recommencer.

Je dois l'annoncer clairement, dès le début, qu'il n'y ait pas de confusion possible : Mika est mort l'hiver dernier, il avait vingt-huit ans. Mika, mon frère, celui qui m'appelait *petite sœur* en plissant les yeux, alors que j'étais sa grande sœur, mais qu'importe aujourd'hui. Il est mort en tombant, comme un tableau qui se décroche. La ficelle a lâché. Reste la marque jaune sur le mur, celle qui n'a pas pris la lumière.

Je n'entrerai pas dans les détails, on m'a dit qu'il n'avait pas souffert, on l'a affirmé. Nous sommes brouillés, ou plutôt nous étions brouillés depuis plus de sept ans pour des raisons qui me serrent la gorge. Je nous revois de part et d'autre de la table du restaurant, nous dînons ensemble pour la dernière fois. Il prend ma main, la retourne pour lire notre avenir. Mon frère a la peau très fine, mais c'est sa bouche, surtout, qui attire l'attention. Avec moi, il n'élève jamais la voix, même quand il est en colère. Ce qu'il a prétendu ce soir-là ? Je n'ai pas envie de le raconter. De lui, de nous, de notre enfance, je ne veux retenir que les bons souvenirs. Et voilà que je pleure.

Ça commence mal. Ou plus exactement, ça recommence mal.

Une des premières images que j'ai gardées de Mika, si ce n'est la première : nous sommes dans un train en hiver. Nous portons tous les deux une salopette rouge en velours côtelé. Mon frère est assis à califourchon sur les genoux de maman, il a faim. Elle essaie de lui donner le biberon, mais il le repousse. Mika veut l'original, pas la copie. Il agite la tête de droite à gauche contre la poitrine maternelle. Son nez froisse le tissu du chemisier, les chairs tanguent, sa petite main plonge dans le décolleté et saisit la bretelle du soutien-gorge qu'il écarte de toutes ses forces. Un bouton a sauté, ma mère tente de le reboutonner, elle s'y prend mal, mon frère en profite pour attraper le sein et le dégager de son bonnet en dentelle. Sa tête plonge en avant, ses lèvres se collent au téton. Il tire dessus comme un chevreau affamé. Ses paumes se referment de chaque côté, elles pressent, malaxent, les chairs se creusent, ma mère fronce les sourcils. Elle demande à Mika de faire attention avec ses dents, parce qu'il a des dents déjà, mais le lait ne coule pas assez vite, ou alors ma mère n'a plus de lait, je ne sais pas, je ne sais plus, je n'ai jamais bien su, même si cette histoire a été répétée cent fois pendant les réunions de famille, les veillées de Noël, les anniversaires, et que mon frère, douze ans plus tard, en tirerait son premier sketch. S'il est un épisode que tout le monde connaît comme s'il l'avait vécu, c'est celui où le petit Mika décolle ses lèvres façon ventouse et, se tournant lentement vers les autres voyageurs avec un sens inné de la mise en scène, se met à pousser des cris aigus qui résonnent dans tout le wagon.

De longs cris tenus, cassants comme du verre.

Ce dont je me souviens, et qu'on ne raconte jamais, c'est qu'à ce moment-là personne ne s'intéresse à moi. La voix de mon frère m'a rendue transparente. Elle m'a gommée – je la sens encore dans le ventre, cette impression délicieuse de ne plus être vue. Je n'ai jamais aimé qu'on me regarde, en cela je suis très différente du reste de la famille. J'en profite pour attraper le biberon abandonné sur la tablette. Le lait est tiède, je me rappelle sa texture granuleuse, la poudre n'est pas bien mélangée. Quand Mika me voit en train de boire, car pour lui je ne suis pas transparente, jamais transparente, il s'arrête immédiatement de crier. Je lui tends le biberon, il le prend et le vide en me regardant droit dans les yeux. J'entends le liquide passer dans sa gorge avec un petit claquement entre chaque gorgée, un coup de glotte qui rythme la descente. Ce que fait maman pendant ce temps-là ? Je n'en ai pas le moindre souvenir. Tout est flou, recouvert d'une couche de brume, le paysage, ma mère et les autres passagers. Il n'y a plus dans le train que mon frère et moi. Mon frère, sa grosse bouche et son regard intense, planté dans mon visage.

À en croire le récit familial, je n'ai manifesté aucune jalousie à la naissance de Mika, au contraire, si j'avais pu disparaître dans le ventre de mon frère, je l'aurais fait. Je voulais tout lui offrir, mes peluches, ma couverture bleue, ma boîte à musique. Je l'ai bercé pour qu'il s'endorme, j'ai caressé sa tête quand il pleurait, ramassé le hochet qu'il jetait de sa chaise haute, une fois, deux fois, dix fois, sans lassitude.

*

Je m'appelle Alice, nous avons, ou plutôt nous avions treize mois de différence, mon frère et moi. Depuis sa mort, l'écart se creuse chaque jour un peu plus. Pour gagner ma vie, je faisais, et je fais toujours un boulot à la con – c'était la façon dont Mika qualifiait mon job : *à la con*. Qu'il pense ce qu'il veut, moi, ça me convient. Je peux travailler où bon me semble, aux heures de mon choix, je n'en demande pas plus. Il me suffit d'une connexion, une prise électrique et un peu de tranquillité. Je complète des dossiers en ligne et remplis des fiches, des formulaires, ça me laisse l'esprit libre pour lire, écrire, rêver surtout. Mon frère disait que je manquais d'ambition. Ce n'était pas une critique, juste une remarque. Une constatation.

Je ne suis pas allée à la crémation. Pas la force.

C'est notre grand-mère maternelle, Georgia, qui m'a annoncé la mort de Mika. Elle parlait un peu trop vite pour cacher sa détresse, et soudain sa voix s'est effondrée. Georgia a murmuré avec cet accent américain qui ne l'avait jamais quittée depuis trente ans qu'elle habitait en France : Je te rappelle, ma chérie, je te rappelle…

Je l'imaginais assise dans sa cuisine, tirant sur sa cigarette électronique. J'avais envie de la prendre dans mes bras, de lui caresser les cheveux comme elle le faisait avec moi quand j'avais du chagrin. Je suis restée longtemps immobile avant de trouver le courage de téléphoner à mes parents. Est-ce que j'avais bien compris ? Georgia avait parlé d'un accident, sans donner plus de précisions. Je suis tombée sur ma mère en larmes, je ne savais pas quoi dire. J'ai tenté quelques mots maladroits, les pleurs ont redoublé. Elle s'est excusée, papa a pris le téléphone, sa voix tremblait. On n'arrive pas à y croire, disait-il, on n'y arrive pas, si tu l'avais vu sous son drap, c'était lui, et ce n'était pas lui. J'ai pris une photo, je m'en veux aujourd'hui. On ne devrait jamais demander à des parents de reconnaître le corps de leur enfant, ce n'est pas humain.

Puis, plus bas : C'est tout, ma chérie, c'est tout.

Le lendemain, mon père m'a rappelée. Mika allait être incinéré le lundi suivant. L'adresse était compliquée, il voulait me l'envoyer par écrit pour que je la fasse suivre à nos amis communs, ceux du lycée avec qui j'étais encore en contact. Avait-il répété son texte ? Mes deux parents sont comédiens, je ne sais pas si ça peut aider dans ce genre de situation, le maintien, l'articulation, les techniques de respiration, toujours est-il que la voix de mon père ne tremblait presque plus.

— On a pensé ta mère et moi… Ce serait peut-être mieux qu'on passe te chercher en voiture, ça t'évitera de voyager toute seule. On pourrait arriver en fin de matinée, ça t'irait ?

Je ne sais pas où j'ai trouvé le courage de lui répondre la vérité. Je ne supporterais pas de voir mon frère dans un, dans son… Je n'ai pas réussi à terminer ma phrase. Mon père en a déduit que je n'étais pas en état d'aller à la crémation. Il m'a rassurée comme il a pu. Il ne fallait pas que je me sente obligée de venir, disait-il, ni pour ma grand-mère, ni pour eux, on trouverait bien le moyen d'organiser une cérémonie plus intime, un autre jour. Ce n'était pas la peine que je m'effondre en public dans le crématorium. Mika n'aurait pas apprécié. Quand mon père parlait d'effondrement, ce n'était pas une image. Je suis sujette, même si ça ne m'est pas arrivé depuis longtemps, à des crises de tétanie. La dernière fois, c'était au mariage de mon cousin, je n'arrivais plus à respirer ni à ouvrir les mains, trop de gens, trop d'odeurs et l'impression qu'on m'enfonçait des aiguilles dans la cage thoracique, il avait fallu me porter pour me sortir de la salle, tous les invités en gardent un mauvais souvenir.

J'ai essayé de retrouver les quelques amis de Mika que je connaissais pour les prévenir, sans succès. Ils avaient tous changé de numéro ou d'adresse. Mes parents se faisaient du souci pour moi, ils n'aimaient pas me savoir seule. Maman m'a suggéré d'aller passer quelques jours chez une copine si je n'avais pas le courage ou l'envie de venir habiter chez eux, ce qu'ils pouvaient comprendre. J'ai répondu que j'allais y réfléchir, comme si j'étais capable de réfléchir à quoi que ce soit. La nuit tombait, j'ai fait le ménage de mon studio, mécaniquement. J'ai rangé mes habits, trié mes chaussures, nettoyé le calcaire des parois de la douche et préparé un paquet de linge à apporter à la laverie. Il fallait que tout soit propre. Je pensais que ma mère allait insister pour que j'assiste à la crémation, qu'elle me dirait que j'allais le regretter toute ma vie si je ne venais pas, mais non, elle a respecté ma décision et m'a tenue éloignée de l'organisation des obsèques. Mes parents devaient être soulagés de ne pas avoir à s'occuper de moi pendant la cérémonie, alors, pour les délivrer tout à fait, j'ai prétendu que j'allais suivre leur conseil et partir chez des amis. Non, ils ne les connaissaient pas, mais ces amis avaient des enfants, ça allait me changer les idées.

J'ai dit ça, exactement, j'en ai honte aujourd'hui. *Me changer les idées*, comment mes parents ont-ils pu me croire ? Le seul fait de relire cette phrase me fait monter les larmes aux yeux, mais à l'époque je n'avais pas de larmes. Je n'avais pas de mots non plus, ou alors des mots à l'emporte-pièce : si je ne voulais pas aller à la crémation, ce n'était pas seulement parce que j'avais peur de faire une crise. Le deuil de mon frère, je l'avais fait depuis sept ans, voilà ce que je me disais. Depuis que j'étais sortie du restaurant, le laissant seul à la table. Sa mort, comment appeler ça… Sa mort effective me libérait d'une sourde inquiétude. Je n'aurais plus à me demander si je devais l'appeler, ou non. Lui souhaiter son anniversaire, ou non. La vie avait tranché pour moi.

*

Mika avait laissé ses dernières volontés dans le tiroir de sa table de nuit. Ses dernières volontés, à vingt-huit ans. Le notaire était très jeune lui aussi. Il a pris une voix plus âgée pour nous présenter ses condoléances. Ma grand-mère a demandé si elle pouvait fumer, mes parents l'ont fusillée du regard. Mon frère me léguait la boîte à secrets, celle de notre enfance, et l'urne contenant ses cendres.

C'était moi et personne d'autre qui devais les garder, il insistait sur ce point, la phrase était soulignée. J'ai été prise de nausées à la lecture du testament. C'était comme si Mika, en soulignant la phrase, avait renversé le contenu de l'urne dans ma bouche.

Nous étions dans les toilettes, Georgia me tenait la tête, une main posée sur mon dos, l'autre sur mon front.

Quelques heures plus tard, elle était assise au bord de mon lit. Elle avait insisté pour me raccompagner. Elle ne comprenait pas pourquoi la simple idée de garder les cendres chez moi me retournait au point de vomir. Je ne savais pas comment lui expliquer, je ne voulais pas lui infliger l'image de l'urne versée dans ma bouche, alors j'ai simplement répondu que chez moi ce n'était pas l'endroit *approprié*. Même chose pour la boîte à secrets, pour des raisons personnelles, je préférais qu'elle reste chez mes parents.

Georgia m'a préparé un thé à la menthe. Je ne devais pas m'inquiéter, le notaire l'avait bien dit : la loi interdisait de conserver les cendres à son domicile, le mieux serait de les disperser dans un lieu que Mika aimait particulièrement. Elle m'a promis de ne plus m'embêter avec cette histoire d'héritage, et deux minutes plus tard elle m'a demandé (encore une petite question, ma chérie, une toute petite question et après je te laisse tranquille) : Tu n'aurais pas une idée, pour la dispersion ?

La nausée a repris de plus belle, mais il ne restait plus rien à vomir qu'une bile amère mélangée à de la salive. Je me suis rincé longuement la bouche. Georgia a sorti une plaquette de comprimés de son sac et l'a posée sur la tablette du lavabo, au cas où, sans dépasser la posologie, ma chérie (un par jour, dans la limite de cinq jours consécutifs). Pour les cendres, ils allaient se débrouiller, il ne fallait pas que je me fasse du souci, si je ne voulais pas en entendre parler, elle ne m'en parlerait plus. J'avais eu raison de ne pas venir au crématorium, répétait-elle pour se faire pardonner sa question sur la dispersion des cendres, ma présence n'aurait pas fait renaître Mika, elle était sûre que je trouverais d'autres moyens d'honorer sa mémoire. Ou du moins, de la conserver, elle s'emmêlait, je sentais bien qu'elle voulait me dire quelque chose d'important.

J'étais allongée sur mon lit, une main sur les genoux de Georgia. Elle me caressait le bras doucement. Ce que ma grand-mère voulait me dire : elle avait compris que cette histoire d'invitation chez des amis, c'était du flan, mais l'idée de partir n'était pas à abandonner pour autant. Rien ne me retenait chez moi, ni compagnon, ni enfant, ni animal domestique. C'était le moment ou jamais d'aller m'installer ailleurs, dans un endroit tranquille, pour commencer un nouveau projet d'écriture. Je n'avais qu'à raconter mon enfance, et noter tout ce qui nous reliait, mon frère et moi. Tout ce qui me venait à l'esprit. Il lui semblait que j'avais beaucoup de choses à dire.

Georgia était inspirée, et si je n'avais pas été aussi faible je lui aurais répondu que c'était à elle d'élever un tombeau à son petit-fils, pas à moi. Le lendemain, elle m'a envoyé une longue lettre qui m'a fait changer d'avis. Une lettre qui se terminait ainsi : On n'a pas toujours besoin d'une chambre à soi pour écrire, il arrive que l'on ait besoin d'une chambre chez les autres. Une cage. Un enclos. Une pièce avec des rideaux que l'on n'a pas choisis. Même s'ils sont moches, les rideaux, rayés dans le mauvais sens, avec des anneaux trop gros. Tu n'auras de comptes à rendre à personne, puisque personne ne te connaîtra, et avec ce nouveau texte, c'est une nouvelle vie qui commencera. Une vie sans Mika. Ta vie à toi.

J'ai relu plusieurs fois la lettre de ma grand-mère, je la trouvais si juste, de plus en plus juste à chaque lecture. L'idée de n'être personne pour personne me libérait de cette obligation de chagrin qui pesait sur moi, me détachait de lui, comme dans ces tableaux où des créatures diaphanes s'échappent du corps des gisants. Je me sentais plutôt bien, en vérité, même si j'étais fatiguée. La disparition de mon frère, comment dire ? Une peine immense, mais aussi un soulagement, je le répète, comme lorsque j'avais pris le biberon de Mika dans le train et qu'il s'était arrêté de crier.

Ma grand-mère trouvait que j'avais du talent et que je ne consacrais pas assez de temps à mon *travail personnel*. Ce n'était pas la première fois qu'elle me conseillait de m'éloigner pour écrire. Selon elle, c'était la meilleure façon de procéder, au moins pour démarrer. Georgia savait de quoi elle parlait : elle avait été interprète puis traductrice, avant de s'installer en France. Au bout de quelques jours dans un lieu étranger, entourée de meubles et d'objets qui ne sont pas les tiens, tu commenceras, disait-elle encore dans sa lettre, à écrire pour les autres, c'est-à-dire non seulement en direction des autres, mais à la place des autres, ceux qui passent en pétaradant dans la rue, faisant corps avec leur bécane, ceux qui marchent lentement, ceux qui se tordent les chevilles ou portent des paquets trop gros. Ce sont eux qu'il faut écouter. Tu n'es pas la seule dans ta situation. Tout le monde a eu dans son existence quelqu'un qu'il a aimé et qui est parti. Tout le monde a été blessé par un ami sans avoir pu le raconter. Tout le monde s'est réveillé avec une phrase en tête impossible à prononcer. Il faut bien que ces mots restés en souffrance se rejoignent quelque part et trouvent eux aussi un endroit où aller.

*

Georgia m'avait convaincue : je devais partir. J'avais besoin de bouger, je ne tenais plus à la maison, je n'arrivais même plus à avancer dans mon travail alimentaire, mon boulot à la con. Ici, tout me ramenait à Mika et à sa disparition. Je me suis mise à éplucher les annonces. Je cherchais un lieu où me poser quelques semaines, quelques mois, pas forcément très loin. Un endroit où aller, comme l'écrivait ma grand-mère, un endroit où me rendre, comme on dit rendre gorge ou rendre les armes.

Alors que je commençais à perdre espoir (tout était trop cher, ou trop éloigné, ou indisponible) était apparue l'annonce d'un certain M. Tournon qui cherchait de façon urgente quelqu'un pour nourrir son chat et s'occuper de ses plantes dans un appartement calme et lumineux avec, c'était écrit en toutes lettres, une vue imprenable sur le fleuve. J'ai laissé un message, le propriétaire m'a rappelée aussitôt, à croire qu'il était en embuscade derrière son téléphone. Il partait le jeudi suivant travailler dans le Karnataka pendant neuf semaines. Le jeune homme qui devait habiter chez lui s'était désisté au dernier moment, un deuil dans sa famille. La poisse.

Je n'ai pas commenté. Si le propriétaire avait su que j'étais dans la même situation, il se serait méfié de moi. Après m'avoir décrit l'appartement, il m'a demandé pourquoi j'étais intéressée par son offre. Sa voix était claire, pleine d'allant. Je lui ai expliqué que je cherchais un endroit pour me retaper, enfin non, pas me retaper, j'allais bien, j'étais en parfaite santé, il ne devait pas s'inquiéter, j'avais juste envie de changer d'air. Et peut-être, si ça venait, d'écrire un peu.

— Vous écrivez ! s'est-il exclamé comme si c'était la chose la plus incroyable au monde, alors vous serez bien chez moi. Vous pourrez utiliser la table du salon, une table en bois massif, j'espère que vous aimez le bois...

Qui n'aime pas le bois ? Drôle de question. Je l'ai remercié. Il m'a proposé de me rappeler le lendemain pour organiser les détails pratiques et en effet, le lendemain à l'heure du petit-déjeuner, tout s'était réglé par téléphone, une conversation interminable qui m'avait laissée groggy devant ma tasse de café. Je m'entends récapituler, lisant les indications notées en style télégraphique, vous m'arrêtez si je me trompe, monsieur Tournon : le logement se trouve quai Malo, numéro 43, il y a un petit jardin derrière, la grille côté fleuve s'ouvre avec la clé triangulaire, les deux autres clés sont celles de la boîte aux lettres et de la porte principale, escalier B, deuxième étage, les poubelles ceci, les poubelles cela, puis venait l'inévitable farandole des précautions à prendre : ne pas oublier de relever le courrier, ne pas tirer trop fort la chasse d'eau ni brancher l'aspirateur sur les anciennes prises et ne pas laisser les fenêtres ouvertes côté quai sans surveillance, même à l'espagnolette, le chat pourrait se faufiler – il est d'une souplesse de dingue, il arrive à passer sous le frigidaire, je ne sais pas où il met ses os. Donc la fenêtre…

— Condamnée, c'est entendu, monsieur Tournon.

Condamnée n'était pas le terme approprié, mais c'est celui-ci qui était sorti. Le proprio n'a pas relevé.

— Côté jardin, il n'y a pas de danger, mais je préfère qu'il reste à la maison. Au fait, je ne vous ai pas dit, c'est un mâle. Il s'appelle Virgile, comme le poète qui accompagne Dante aux Enfers.

J'aimais bien, Virgile. Il y avait Virgule aussi, à une lettre près, mais Virgile…

— Il est très sauvage avec les inconnus, si vous ne le voyez pas au début, pas la peine de s'affoler, ce n'est pas le genre à se laisser mourir de faim. Il faudra lui laisser le temps de s'habituer à vous.

Le propriétaire s'inquiétait maintenant pour la litière. Il avait acheté trois sacs de huit kilos, il ne savait pas si ça suffirait. J'ai fait un rapide calcul, vingt-quatre divisés par soixante-trois, ce qui nous donne un peu plus de trois cent quatre-vingts grammes par jour, il voyait large. À moins qu'il ne compte prolonger sa mission dans le Karnataka, vous pensez prolonger votre mission dans le Karnataka, monsieur Tournon ? Qu'est-ce que vous dites ? C'est entendu, monsieur Tournon, je vous appelle par votre prénom. Pardon ? Gabriel. Je vous appelle Gabriel.

Un peu plus tard, il m'avait proposé de le tutoyer. J'avais bredouillé un truc, je ne sais plus ce qu'on avait décidé.

Qu'est-ce qu'on avait décidé, Gabriel ? Je n'arrive plus du tout à me rappeler si nous nous sommes déjà tutoyés à ce point de l'histoire. La conversation était interminable, j'avais envie de tout lâcher, de lui dire que non, finalement, la vue imprenable ce n'était pas ce que je recherchais, je faisais fausse route, ma *situation personnelle* était trop compliquée pour que je me sente bien en pleine lumière. Il me fallait un trou dans la terre, un terrier, oui, ou une chambre sous les toits, mais Gabriel Tournon enchaînait les recommandations sans me laisser la possibilité de l'interrompre. J'ai posé le téléphone devant moi et basculé la conversation sur haut-parleur, j'avais l'oreille en feu. Il n'était pas question que je renonce à mon projet, il fallait que je tienne. Que je paraisse sympathique et fiable, surtout. Le propriétaire me parlait maintenant de l'arrosage. Son conseil : plutôt moins que trop. Pour savoir quand les plantes avaient besoin d'eau, c'était simple, il fallait tâter la terre. Et pour la plante carnivore (il avait une plante carnivore à laquelle il tenait tout particulièrement), ce n'était pas sorcier. Il suffisait de lui donner une mouche de taille moyenne tous les lundis.

Je me souviens d'avoir émis un petit son idiot avant de répondre d'un ton déterminé :

— Moyenne, mais moyenne comment, Gabriel ? La notion de taille est très relative.

Le propriétaire a poursuivi, imperturbable, il y aurait un bocal de mouches déshydratées près de la plante, dans le cas où je ne trouverais pas de mouches vivantes. Il collerait une étiquette sur le couvercle avec toutes les indications. Puis il m'a demandé si je n'allais pas m'ennuyer toute seule. Je me suis entendue lui répondre que je ne serais pas seule, je serais avec mon frère.

J'aurais aimé ravaler ce que je venais de dire. Gabriel Tournon avait l'air embarrassé soudain, ça remettait tout en question, il n'y avait qu'une seule chambre à ma disposition, et à moins de dormir sur le canapé Chesterfield, ce qui ne serait pas très confortable car il était entièrement capitonné…

Je me suis rattrapée comme j'ai pu, mon frère ne serait pas là en chair et en os, c'était une image, une façon de parler. Je voulais écrire sur lui, sur nous, sur notre enfance, et c'était pour cette raison que j'avais besoin de m'éloigner de mon cadre habituel. Je viendrais seule, il pouvait me faire confiance, ou plutôt je viendrais avec mon travail, et je ne m'ennuierais pas, non. On ne s'ennuie jamais avec les mots.

Gabriel était tout à fait rassuré. Il m'a remerciée mille fois, et comme il ne raccrochait pas, j'ai ajouté qu'il ne fallait pas me remercier. Que c'était à moi qu'il rendait service.

*

À *moi*… Qu'est-ce que le propriétaire voyait derrière ces trois lettres ? M'imaginait-il avec des cheveux longs, ou coupés court, à la garçonne ? La peau mate ? Les yeux verts ? Et mes mains, comment voyait-il mes mains ? Je ne lui avais pas envoyé de photo ni de CV, il ne m'en avait pas demandé, je trouvais ça élégant de sa part. Ça me plaisait qu'il ne me juge pas sur mon parcours professionnel ou mon apparence, même si c'était normal, au fond. Peut-être avait-il cherché des informations en inscrivant mon nom et mon prénom dans la barre de son navigateur, mais j'étais sûre qu'il n'avait rien trouvé de pertinent, car depuis toujours je n'apparaissais sur Internet que sous le deuxième prénom de ma grand-mère, Allyson. Une fois de plus, je me suis félicitée d'avoir pris cette décision. Je n'aurais pas aimé que Gabriel Tournon lise mes anciens poèmes ou découvre mes photos de classe avec mon frère, et cette vieille série que Mika avait mise en ligne peu de temps avant sa mort, où l'on nous voyait en train de faire des acrobaties sur la plage. Je ne savais presque rien de ce Gabriel chez qui j'allais habiter, il ne savait presque rien de moi, nous étions à égalité. Le propriétaire me croyait *sur parole* quand je lui disais que j'étais une personne sur qui l'on pouvait compter, voilà qui me rassurait quant à l'état du monde, ou de l'humanité, enfin, de l'humanité des humains, je m'emmêle – on se comprend. Il m'avait quand même demandé de lui envoyer un chèque de caution, qu'il ne toucherait pas évidemment, avec l'adresse de mon domicile et le nom d'une personne de mon entourage à joindre en cas d'urgence. J'avais décidé de lui dire avant que la conversation ne se termine que je venais de perdre mon frère, mais je n'avais pas réussi à prononcer ces mots, j'avais peur de tout gâcher. J'avais fait une espèce de blague déplacée à la place, je ne sais plus, il avait ri, le pacte était scellé.

Une blague déplacée. À la place. Tout moi.

*

Mes bagages étaient bouclés, mon billet de train réservé. J'avais repéré l'itinéraire entre la gare et le quai Malo. Mes vêtements de voyage étaient posés sur la chaise au pied de mon lit, dépliés, prêts à être enfilés. Je n'arrivais pas à dormir. Mika menait tranquillement sa vie derrière mes paupières. Il avait sept ans, peut-être huit, et venait vers moi avec un bouquet de fleurs. Quelques minutes plus tard, il en a dix, mais en paraît douze avec sa mèche blonde qui lui tombe dans les yeux et ses jeans déchirés. Il ne les quitte jamais, ses jeans, quel que soit le temps ou l'occasion, ils font partie de lui comme la douceur de son visage.

— Toi et ta tête d'ange, lui disait Georgia en levant les sourcils.

Il y avait aussi : toi et ton cœur d'or, et un peu plus tard, toi et ta moue. Mon frère en grandissant avait une façon particulière de porter ses lèvres à l'extérieur de son corps, comme s'il les poussait vers l'avant pour creuser ses joues, ou pour que le monde les admire, parce qu'elles étaient d'une matière différente, plus lisses que les lèvres habituelles, moins striées. Parfois, je la maquillais, cette bouche, ce qui renforçait son aspect bombé. Mika se laissait faire. Le rimmel lui allait très bien, et le trait de khôl à l'intérieur des paupières, mais je devais m'arrêter là, mon frère refusait catégoriquement que j'ajoute du blush. Je ne sais pas d'où il tenait cette réticence, ça le dégoûtait, les fards à joues, comme si je lui avais mis des tranches de jambon cru sur les pommettes, c'est ce qu'il disait en fronçant le nez.

Moi qui n'avais jamais joué à la poupée, j'aimais déguiser mon frère, comme pour me l'approprier, en faire une petite sœur, en somme, mais Mika n'avait pas un visage féminin. Même avec le maquillage c'était un garçon, nul doute à ce sujet, et ce serait un homme. Souvent j'utilisais le foulard de soie que je lui avais offert en guise d'accessoire, il l'adorait ce foulard. Il dormait avec. Quand le tissu sentait trop mauvais, il le lavait à la main avec du savon de Marseille et l'étalait sous son oreiller pour le faire sécher. Ma Lilou, disait-il, on va bien dormir cette nuit. Et voilà qu'en écrivant ces mots ma gorge se serre, c'est idiot, mon petit frère me manque, oui, pas le Mika adulte, le Mika d'hier, celui qui ne s'était pas encore fait percer les oreilles. Je le revois si beau, merveilleux, gracieux et brutal quand ça le prenait, capable de changer d'humeur d'une minute à l'autre pour un commentaire déplacé, une explication entendue de travers, un regard fuyant, une déception, mais conservant toujours avec moi la même douceur, la même gentillesse.

Écrire sur lui, sur nous, mais par où commencer ? Pendant longtemps, nos parents nous ont habillés de façon identique, il n'y avait pas que les salopettes rouges, il y avait aussi les polaires à capuche et les chaussures, les gants, les écharpes et les cartables assortis. Ça les amusait de cultiver nos ressemblances, et puis c'était pratique. Nous étions rentrés en maternelle la même année, moi un peu en retard, lui un peu en avance. Nous formions un duo qui attirait la sympathie. Souvent, dans la rue, on nous prenait pour des jumeaux. Pourtant, notre mère avait eu deux grossesses, accouché deux fois, et deux fois notre père s'était évanoui au moment de couper le cordon.

II

Première semaine

Je reste longtemps immobile avec mon sac en bandoulière et ma valise, le regard fixé sur la grille du 43 quai Malo. Il m'arrive souvent d'avoir ce genre d'absence, j'ai l'habitude, ces périodes de flottement sont inscrites en moi depuis l'enfance. Mes parents appellent ça des troubles de l'attention. Des troubles, admettons, c'est une bonne façon d'exprimer ce que je ressens dans ces moments-là. Mon corps abrite une multitude de particules en suspension. Elles volent, se croisent, puis peu à peu, comme la neige dans les boules en plastique, se déposent. Je rêve, je suis ailleurs, et alors ? Je n'en souffre pas, au contraire. Elle tient ça de son père, disait ma mère qui avait toujours besoin de connaître la provenance des choses et des comportements, de les relier, de les ranger à défaut d'en saisir la nature.

Quand je partais dans les nuages, Mika me secouait gentiment. T'es où, petite sœur ? En Argentine ? En Équateur ?

J'adorais la façon dont il prononçait ces mots. *T'es où, petite sœur ?*

J'aimerais écrire une chanson avec ça, un tube que chacun aurait sur les lèvres, voilà ce que je me dis en arrivant quai Malo. Un arbre lance ses branches vers le fleuve, des branches nues, tortueuses. L'escalier B est indiqué par une flèche en angle. Ça sent l'immeuble bien tenu, habité par des gens qui paient régulièrement leurs charges. Je pense en montant les étages : neuf semaines, je vais habiter chez Gabriel Tournon pendant neuf semaines, le temps de voir l'arbre se couvrir de feuilles. Ici, personne ne sait ce qui m'est arrivé. Si j'engage la conversation, je pourrai évoquer Mika sans parler de sa mort. On ne se sentira pas obligé de me plaindre ou de me protéger. On m'écoutera normalement, sans arrière-pensée. Je pourrai raconter que le jour où nous avions pris l'avion pour la première fois ensemble, nos parents nous avaient confiés à l'hôtesse de l'air, et que l'hôtesse nous avait donné son numéro de téléphone tellement elle nous trouvait mignons. Elle aurait aimé avoir des gosses comme nous, disait-elle, et mon frère lui avait répondu, sérieux comme un pape, que nous n'étions pas des gosses. Elle avait ri.

— Vous êtes quoi, alors, des girafes ?

Nous étions des enfants. Gosse, il n'aimait pas. Il trouvait ça péjoratif. Je me souviens des dents de l'hôtesse, très régulières, très blanches, et de son catogan. Je connaissais vaguement le mot *catogan*, mais quand j'ai voulu l'utiliser pour décrire la jeune femme à ma grand-mère, j'ai dit *cardigan*, et mon frère s'est moqué de moi.

*

Pour prolonger la farandole des *ne pas* lancée au téléphone par Gabriel Tournon : la serrure n'est pas grippée, les gonds ne grincent pas, les marches de l'escalier B ne craquent pas quand je monte. Ça sent la cire et la cuisine mijotée. Je marche dans un rêve, je ne devrais pas être là, je n'en ai pas les moyens. Bientôt, tout va s'effondrer. Une tête apparaîtra dans le fenestron et m'ordonnera de quitter les lieux. Je serai traitée d'usurpatrice, on me renverra à mon gourbi, à mes pénates, à mes fins de mois difficiles – mon chagrin éclatera au grand jour.

Ce que je découvre derrière la porte de Gabriel Tournon balaie mes appréhensions. Une sorte d'ivresse s'empare de moi. Le soleil joue avec les plantes vertes, projetant leurs ombres sur les murs blancs, et c'est si gai, si chaleureux que j'ai envie d'appeler le propriétaire pour le remercier de m'avoir fait confiance. Je vais être bien ici, aussi bien que possible, je le sais, je le sens. Il y a du parquet, des stores qui fonctionnent et, à portée de regard, le fleuve et son cortège d'adjectifs : majestueux, large, puissant.

Et rien qui me rappelle quelque chose.

Je prends les jumelles qui sont sur la table et les règle à ma vue. Un oiseau noir plonge tête la première, un cormoran je crois. Un autre est perché sur un pilier, ses ailes déployées, il fait sécher ses plumes. À gauche, en regardant de biais, je vois un pont de pierre, et une passerelle un peu plus loin, qui donne sur l'île où se trouve le jardin botanique, d'après le plan que m'a laissé Gabriel Tournon. J'appelle le chat, le propriétaire m'a prévenue : rien ne bouge. La plante carnivore trône sur une console près de la fenêtre. Quatre bouches réparties en corolle attendent la becquée, lèvres béantes. L'intérieur violacé est recouvert d'un suc visqueux dégageant une odeur de miel. Des nervures très fines tracent tout le long des feuilles un réseau complexe de lignes qui attrapent la lumière. Les rapports de couleur sont étranges, d'une sophistication extrême. Et tout le monde peut avoir ça chez soi pour le prix d'un kebab, voilà qui est troublant.

On dit d'un humain qui peine à se développer qu'il végète ; que dire d'une plante qui chasse et digère ses proies ? Deux des bouches sont fermées, on devine à l'intérieur des insectes en voie de décomposition. Je me demande combien de temps dure le processus d'assimilation. Je cherche des yeux la bibliothèque, il doit bien y avoir un ouvrage sur les plantes carnivores dans les parages, mais non : il n'y a pas ce genre de livre, et même pas de livres du tout, pas un seul qui traîne. Pas de bibliothèque non plus dans tout l'appartement, c'est étrange. À part le plan de la ville, le seul morceau de papier recouvert de signes est près de la plante carnivore, scotché en évidence. Gabriel Tournon y détaille, comme prévu, et même mieux que prévu, les choses à faire ou à ne pas faire pour que sa protégée survive en son absence. Il ajoute en post-scriptum que Vanessa est une plante très attachante. Elle aime qu'on lui parle vraiment ou qu'on lui passe de la musique. Vraiment est écrit en gros, je suis avertie, inutile de gâtifier.

Vanessa, il l'appelle Vanessa. Trop *cute*, dira Georgia lorsque je lui raconterai mon arrivée.

Au dos de la fiche, Gabriel Tournon a croqué une

mouche de la taille idéale. Il est doué. Mon frère aussi sait dessiner les mouches, ou plutôt il savait. Les mouches, les sauterelles, les guêpes et les papillons, tous les insectes en vérité, même les cafards. Il y avait chez les voisins deux labradors que nous allions parfois promener, il ne lui serait pas venu à l'esprit de les prendre pour modèle. Mika n'aimait dessiner que les petits animaux.

S'il n'y a pas de livres dans le salon, il n'y a pas non plus beaucoup d'objets (sauf les plantes, mais les plantes ne sont pas des objets – les plantes, et encore moins Vanessa). Le canapé et les fauteuils sont en cuir rouge cerise, ça doit coûter très cher, le proprio aurait sans doute les moyens de me donner quelque chose pour garder son chat et nourrir ses plantes, prendre en charge mon voyage par exemple, mais il n'a pas été question d'argent entre nous. De toute façon, si Gabriel Tournon m'avait proposé une *petite enveloppe*, comme on dit, je l'aurais refusée. Recevoir est compliqué pour moi. C'est mon côté bonne poire, aurait dit Mika en souriant. Évidemment, si le propriétaire avait insisté, je l'aurais acceptée, sa petite enveloppe. Mais il n'a pas insisté. Il n'a pas même amorcé le début du quart d'une offre de défraiement, indemnités, honoraires, rétribution, paie, cachet, revenu, appointements, rémunération, traitement, geste financier, compensation forfaitaire, gratification pécuniaire, quoi encore ? Ah oui, émoluments. Pas de petits émoluments ni de gros d'ailleurs, rien qui sonne ou trébuche ne m'a été proposé par M. Tournon, appelez-moi Gabriel. Il mettait son appartement à ma disposition, avec sa vue imprenable et sa table en bois, c'était déjà beaucoup.

Au passage, totalement hors sujet encore que : je me souviens d'une conversation avec Mika, nous étions en terminale, je lui ai fait remarquer le nombre impressionnant de mots qui désignaient l'argent donné en échange d'un service ou d'un travail (gages, rémunération, indemnités, voir plus haut), alors qu'il n'existait aucun terme pour exprimer le sentiment de satisfaction après avoir accompli une tâche bénévolement. Mon frère a haussé les épaules, pour lui, si les humains n'avaient pas inventé ce mot, ce n'était pas un hasard. Mika n'était pas particulièrement intéressé par l'aspect matériel des choses, mais il détestait se faire entuber, comme il disait. Le monde dans lequel nous vivions, disait-il encore, était ainsi structuré.

— Tu es soit d'un côté, soit de l'autre. À toi de choisir : soit l'entubeuse, soit l'entubée.

Quelques jours plus tôt, Georgia lui avait proposé de correspondre avec le fils d'un ami qui apprenait le français, et Mika, avant d'accepter, lui avait demandé : C'est payé combien ?

Georgia avait ouvert des yeux ronds. Tu dis ça pour rire, répétait-elle, rassure-moi Mika, tu ne parles pas sérieusement ?

Il parlait sérieusement.

Ou peut-être pas, finalement. Difficile de savoir avec lui.

*

Dès le lendemain de mon arrivée quai Malo, je m'impose un rythme régulier. Le matin, je travaille pour gagner ma vie et les après-midi sont consacrés à ce que Georgia appelle mon *projet personnel.* Plusieurs fois par jour, je me force à boire de l'eau ou du thé. Depuis la visite chez le notaire, les liquides ont du mal à passer. Le souvenir des cendres fait tampon. J'ai acheté une ramette de papier blanc ; je préfère, pour commencer, écrire à la main. Le dossier de la chaise en guise de tuteur, j'attends que ça vienne.

Ça quoi ?

Aucune forme précise n'a été définie. Pour me rattacher à quelque chose, j'ai commencé une liste de premières phrases. Ma préférée : *Nous sommes des enfants dont les prénoms ont glissé.* Ça sonne bien, mais ça ne mène nulle part. Au bout de trois jours de travail assidu, je suis à la tête d'une dizaine d'incipits, déclinés chacun en plusieurs versions. Je les relis comme on récite un mantra, espérant que la suite viendra d'elle-même. Mais la suite ne vient pas, ou si elle vient, elle finit en boule dans la poubelle. Mes parents se relaient avec Georgia pour me téléphoner régulièrement, ils ne me lâchent pas. Si j'ai du mal à démarrer, dit ma grand-mère, c'est sans doute que je ne suis pas prête. Il faut encore chercher. Trouver le ton, la cadence. En attendant, je peux continuer à prendre des notes ou, comme elle dit, accumuler de la matière, ça me servira toujours.

Le quatrième jour enfin, une image s'impose : mon frère est allongé sur son lit avec ses pantoufles en peau de mouton. Il a les yeux au ciel, à demi fermés. De son globe oculaire on ne voit que du blanc parcouru de veinules. Ses jambes sont figées dans une immobilité peu naturelle. Quand j'approche la main de son visage, il se redresse d'un bond, comme si son buste était monté sur ressorts.

— Tu as cru que j'étais mort ? me lance Mika d'un air bravache.

Il saisit mon poignet et m'incite à lui donner des coups de poing dans le ventre.

— Qu'est-ce que tu dis de ça ? Du béton !

Il rit, nous rions. Un rire nerveux qui secoue nos épaules.

Il me serait facile de développer ce qui précède, de mieux le situer dans l'espace, d'y ajouter un avant, un après, des adjectifs et des prépositions, mais malgré les encouragements de Georgia qui trouve que je tiens ma scène d'ouverture, je résiste. Je préfère m'attacher exclusivement à mon frère quand il était petit, ou plus exactement, quand nous étions petits. Sauver ce qui peut être sauvé de notre relation magique, ce sont les mots qui reviennent. La suite, ou plutôt le reste : les abdos, l'adolescence, le départ de la maison familiale, l'éloignement, ce sera pour un autre projet. Pas à mettre à la poubelle, non, à ranger dans un sac au fond du congélateur.

Vivant, mais neutralisé.

Convoquer les années bénies de notre enfance comme si je ne savais rien de ce qui arriverait plus tard, est-ce trop demander à ma mémoire ? Mika ne me quittait pas d'une semelle, je commençais une phrase, il la finissait, notre complicité faisait plaisir à voir. C'était joyeux, et profond et intense. C'est cette joie que je désire fixer sur la page, cette profondeur, cette intensité. La scène de mon frère immobile dans son lit se termine avec des rires, certes, mais ils ne sonnent déjà plus avec la même clarté.

*

Je dors peu, il faut que je m'habitue aux bruits de l'immeuble. J'ai toujours l'impression que le chat me regarde dormir, mais quand j'allume la lumière, il a disparu. Il n'a pas touché à ses croquettes ni utilisé son bac. Je me fais du souci pour lui. Et j'aimerais bien qu'il soit là, près de moi, pendant que je travaille. Je circule entre les fauteuils en secouant le paquet de croquettes, sans succès, jusqu'au moment où, explorant le dessous du canapé avec la lampe torche de mon téléphone, je distingue une boule sombre au fond, près du mur. Je suis heureuse, c'est étrange, ce sentiment de bonheur qui m'envahit. Encore un peu de patience et je vais découvrir les yeux brillants du chat, je tapote les pieds du meuble, émets des petits bruits de bouche, grattouille le sol pour éveiller sa curiosité, pas de réaction. Je recommence à agiter le paquet de croquettes, plus énergiquement cette fois, envoie des baisers sonores, sifflements, miaulements, claquements de langue contre le palais, dévidant toutes les ficelles de la séduction qu'utilisent les êtres humains pour attirer les animaux : râteau total.

Virgile est un chat stoïque. Il continue à m'ignorer ostensiblement. Il boude. Il ne m'aime pas.

Je raconte la scène à Georgia.

— Comment pourrait-il t'aimer, demande-t-elle, puisqu'il ne te connaît pas ?

Plus bas, elle ajoute, comme si elle se parlait à elle-même, que si pour s'aimer il fallait se connaître, nous n'en serions pas là.

Nous qui ? Le monde ? La famille ? Mon frère et moi ? Je n'insiste pas. Ma grand-mère me demande encore si j'ai rencontré les voisins. Elle est étonnée de me sentir… plutôt bien. Elle me trouve très courageuse et admire mon assiduité au travail. Ses compliments sonnent faux. Elle me félicite comme on félicite un enfant qui est bien resté sur le pot, je le lui dis, elle s'esclaffe : Toi alors ! Puis reparle du chat. Je dois, à son avis, profiter de sa présence sous le canapé pour l'attirer avec de la nourriture digne de ce nom.

Il y a une boîte de sardines à l'huile dans le garde-manger, je l'ouvre et reviens m'allonger sur le tapis. Je passe mon piège olfactif de droite à gauche comme si je voulais enfumer l'espace entre le parquet et le ventre du Chesterfield. Un moment de distraction, ce qui devait arriver arrive : le couvercle rencontre un obstacle et l'huile se renverse. Je la sens glisser sur mes doigts. L'odeur se propage maintenant, je dirige à nouveau la lumière vers la masse sombre : Virgile n'a pas bougé. D'où vient cette idée que les chats sont prêts à se damner pour un morceau de poisson ? Il faut changer de méthode, passer au niveau supérieur. Je vais chercher un balai, et me voilà de nouveau couchée à plat ventre dans le salon. Doucement, inéluctablement, la tête du balai se rapproche de la boule de poils. Virgile s'enroule sur lui-même, mais ne se retourne toujours pas. Au contact du bois, il n'oppose qu'une faible résistance. Il aurait dû miauler, cracher, montrer les griffes ou sortir de son refuge et s'aplatir pour aller se cacher ailleurs, non : il reste niché dans l'angle formé par la brosse et le manche. Il se laisse tirer comme si ça l'amusait, ce petit tour de manège. Je lui parle doucement : On va bien s'entendre tous les deux, hein mon Bidule, il ne faut pas avoir peur de moi, je ne vais pas te manger !

Ma voix tremble un peu, l'inquiétude monte, mais je continue à parler au chat, je continue à lui dire des choses idiotes, à lui demander si ça l'embête que je l'appelle Bidule, alors qu'au fond de moi je redoute le pire.

*

Les larmes commencent ici, près du canapé rouge. La boule de poils, en sortant du meuble, roule sur elle-même. Elle ne se relève pas sur ses quatre pattes, et pour cause, elle n'a pas de pattes. Ce que j'ai ramené à l'air libre avec le balai n'est pas un chat démembré, ni même un chat tout court : c'est une pierre enveloppée dans un vieux pull en laine.

Je me sens tellement triste soudain, je ne sais plus ce que je fais dans cet appartement et comment j'ai pu croire qu'en partant de chez moi j'allais échapper au chagrin. Je me suis trompée. Les larmes se mettent à couler. Ce n'est pas très raisonnable, mais qui a dit que j'étais raisonnable ? J'aimerais que mon petit frère soit là, assis par terre à côté de moi. Il me prendrait la main, se moquerait gentiment de mes fossettes. Je me revois blottie dans ses bras. Mika savait me rassurer quand j'étais perdue. Avec lui, j'étais en sécurité, nos parents l'ont répété pendant toute notre enfance, et même si ce n'est pas vrai, maintenant qu'il ne peut plus rien ni pour moi ni contre moi, pourquoi ne pas y croire ?

J'essaie de me calmer, je vais me passer de l'eau sur le visage. Je ne comprends pas pourquoi la découverte du pull et de la pierre m'a mise dans cet état, il y a quelque chose qui m'échappe. Un pull, une pierre, comme un rébus... Ce qu'ils faisaient sous le canapé ? Le pull, encore, il peut avoir glissé du dossier, mais la pierre... Et le pull autour de la pierre... J'enlève les moutons de poussière accrochés au bout des manches. Il y a un trou près du col. Il faut que j'arrête de pleurer, que je me reprenne, dirait maman. Je vais chercher la plaquette de médicaments que Georgia m'a donnée après la visite chez le notaire. J'avale deux comprimés d'un coup. La pierre me fait penser à ces cailloux de craie et de silex aux formes organiques qu'on ramassait près de chez Georgia. Elle a laissé des marques blanches sur la laine. Je m'endors sur le canapé et je rêve de ça, de ces marques blanches.

À mon réveil, je pleure toujours. Ça coule, ça coule, ça n'arrête pas. L'effet des médicaments ? J'ai la bouche pâteuse et des fourmis dans les jambes, ce qu'on appelle, je crois, des impatiences. Je reste longtemps debout devant la fenêtre à regarder le fleuve. J'aimerais pouvoir arrêter le courant, l'éteindre, comme on éteint la lumière en appuyant sur l'interrupteur, toute cette eau qui va se jeter à la mer m'inquiète, ou plutôt elle m'épuise. Le monde se vide et je me vide avec lui.

*

J'étais une fillette très calme, j'ai parlé très tard, grandi très tard, tandis que Mika battait tous les records de précocité. À quatre ans, cinq ans peut-être, il m'aidait à m'habiller le matin parce que je n'allais pas assez vite. Ses gestes n'étaient pas seulement plus rapides que les miens, ils étaient plus précis. Mika n'aimait pas quand maman s'approchait trop de moi, il préférait qu'on se débrouille tout seuls – c'est ce qu'il répétait quand nos parents se mêlaient un peu trop de nos affaires. Tout seuls, c'est-à-dire tous les deux. Si papa pouvait me prendre dans ses bras sans que mon frère fasse le zouave pour attirer son attention, c'était sans doute parce que notre père, il faut le reconnaître, ne me prenait pas souvent dans les bras. Il préférait son travail, ses textes à apprendre par cœur, ses castings à préparer et plus tard les castings de ses élèves.

À ce moment de l'histoire, nos deux parents sont comédiens, des enfants de la balle, comme ils disent en se bécotant, et Mika leur ressemble. C'est lui qui a hérité de leur goût du théâtre. Très jeune, il présente des saynètes qu'il écrit à quatre mains avec ma mère, et que mon père met en musique. Mika n'a peur de rien, ni de prononcer des gros mots, ni de raconter avec un sérieux déconcertant des choses qui ne se racontent pas d'habitude. Georgia dit de lui qu'il a de l'aplomb, elle lui fait des cadeaux qui s'accordent avec sa passion pour les planches, des masques de la commedia dell'arte, une cape, un loup vénitien. À moi, elle offre des livres. Mika essaie bien de m'entraîner sur scène, mais ce n'est pas mon truc, le théâtre, je n'aime pas me montrer, il le comprend, il n'insiste pas. Et voilà que ça recommence.

Voilà que je parle de lui au présent, comme si rien ne s'était passé.

III

Première semaine (suite et fin)

Les mouchoirs se mélangent aux brouillons dans la corbeille à papier. Si mes affaires de travail sont installées sur la table depuis le premier jour, ma valise est toujours en vrac au milieu de la chambre. Dans la penderie sont accrochés des cintres neufs, je soupçonne Gabriel de les avoir achetés à mon intention. Un morceau de ruban adhésif les réunit au niveau des crochets. Quand je les libère de leur lien, ils s'écartent d'eux-mêmes sur la tringle. Le fer soupire, le bois se détend, prêt à accueillir mes vêtements. Je n'ai pas emporté grand-chose, parce que je ne possède pas grand-chose. Ils flottent dans la penderie. Je peine à trouver mes marques, le chat est toujours invisible, je me mets à douter de tout. Je me demande si j'ai eu raison de suivre le conseil de Georgia, ne serais-je pas mieux chez moi, à ma table habituelle ? Dès que j'entends un bruit, je me lève pour voir si Virgile n'est pas dans la cuisine. J'aimerais bien l'apercevoir au moins, ne serait-ce qu'une fois, pour m'assurer qu'il va bien. Je change son eau tous les jours, je crois que le niveau baisse, mais je n'en suis pas sûre. Les nuits sont agitées. Je fais des rêves étranges. Je ne comprends pas pourquoi la découverte de la pierre m'a bouleversée à ce point, ce qu'elle a réveillé en moi, ce qu'elle a fait trembler.

J'arrive à me relire, mais pour avancer, je n'ai plus de force. Le mécanisme des émotions est enrayé et reviennent en boucle les différentes étapes qui ont précédé l'arrivée des larmes : le balai dans la cuisine, le balai entre mes mains, l'immobilité du chat, ce moment où je comprends que je me suis trompée. L'instant de la méprise. Et Mika dans son urne.

Ma gorge se serre. C'est ce mot qui ne passe pas. Pas le mot urne, non, le mot méprise. Les sept lettres tournent sur la page, j'aimerais qu'elles crachent leur vérité. J'ai de nouveau envie de vomir, la cendre ne me quitte pas, mes doigts sentent encore l'odeur des sardines, et quand je m'essuie les yeux c'est l'image des poissons tête-bêche qui s'impose.

Tête-bêche si l'on veut, puisqu'on les a décapités avant de les mettre en boîte.

Je mange peu et de façon irrégulière. Sans doute est-ce la raison de ma fragilité, une raison mécanique qui n'a rien à voir avec l'apparition de la pierre ou la mort de Mika. Une chute de je ne sais quoi, glucose, tension, il faut que j'achète de quoi me nourrir, mais j'ai peur d'être prise d'une crise de larmes à la caisse du magasin, on me demandera ce que j'ai, comment on peut m'aider, on m'avancera un tabouret, on me proposera un café, un verre d'eau. Je n'ai aucune envie d'être repérée.

Pas envie de me donner en spectacle. Je laisse ça à mon frère et à mes parents.

*

Vers quatre heures de l'après-midi, je trouve enfin le courage de descendre dans la rue. Je me répète en marchant : mépris, méprise, épris, éprise, pris, prise, et ça recommence, mépris, méprise, jusqu'à ce que les mots perdent leur sens, que mes pas les épuisent pour enfin sentir ma tête se vider. Je respire comme mon frère m'a appris à le faire pour combattre l'anxiété. Inspirer par le nez en quatre temps, retenir sa respiration deux temps, puis expirer lentement par la bouche, sans forcer, en prenant conscience de la valeur de chaque inspiration, de chaque expiration. De chaque pause. De chaque pas.

Malgré mes efforts, je n'arrive pas à obtenir un souffle continu. L'air sort en pointillé, par à-coups. Je marche sur les berges en direction de la passerelle puis je reviens. J'essaie de retenir le nom des péniches. Galoche, Altaïr, Carcasse, Montana. Le froid s'est concentré dans mes mains et le bout de mes pieds, ailleurs j'ai trop chaud, je transpire même, Galoche, Altaïr, j'ai le dos mouillé et les yeux gonflés d'eau. Carcasse, Montana. Une vieille dame avance à petits pas vers moi, j'ai peur de m'effondrer dans ses bras si elle m'adresse la parole. Je baisse la tête, plie une jambe, enlève une chaussure, la secoue pour faire tomber un caillou imaginaire. Me voyant occupée, la vieille dame change de cap et va s'asseoir sur un banc face au fleuve. Elle cale son sac contre son ventre, j'aimerais y poser la tête. Le vent décoiffe ses cheveux, alors, malgré le beau temps, elle sort son capuchon de pluie et le noue sous son menton pour protéger son brushing.

Que voulait-elle me demander ? Elle ne s'intéresse plus à moi. Un gros pigeon vient se poser à ses pieds, il regarde son sac en inclinant le bec. Un peu plus loin sur le quai, une grue mobile soulève une cabane. Le cube tangue, s'avachit d'un côté, et ça fait comme une réponse à l'air penché de l'oiseau. Trois hommes en salopette orange s'appliquent à la redresser avant qu'elle arrive au sol. Je sens les larmes remonter. Les gestes mesurés de la vieille dame pour déplier le plastique du capuchon, le sérieux des hommes redressant la cabane, leur concentration, toute cette énergie déployée pour que le monde tienne debout me bouleverse.

Je n'ai rien acheté finalement, ni sandwich ni soupe chinoise. Je suis juste allée prendre un café et des barres de céréales au distributeur automatique de la gare. De retour dans l'appartement, je ferme la porte à double tour. Le pull de Gabriel Tournon sent l'huile des sardines. Je le mets à tremper dans une bassine avec de la lessive comme si ça pouvait m'aider à y voir plus clair. La laine rend une eau grise au premier bain et jaunâtre au second. Gorger, dégorger, se débarrasser des scories, des vieilles poussières, est-ce cela que je voulais dire lorsque l'expression *rendre gorge* m'est venue à l'esprit, au tout début de l'écriture ? Je ne connais pas vraiment sa signification – ou plus exactement je ne la connaissais pas quand je l'ai utilisée. Je sais aujourd'hui qu'elle s'applique aux oiseaux qui régurgitent les aliments pour nourrir leur progéniture.

Vomir, pleurer, deux façons d'inverser les flux. Se rincer l'âme, vidanger les corps. Souvenir fugace : Mika est déguisé en lion. Il est seul sur l'estrade, c'est la fête de l'école, il raconte les aventures d'une souris. Mes parents sont debout au fond du préau, ils sont arrivés un peu en retard. Je suis assise au premier rang. Il y a deux places vides à côté de moi.

*

Le lendemain, je me décide enfin à faire ce que j'aurais dû faire depuis le début : inspecter méthodiquement la chambre de Gabriel Tournon. Je regarde partout, en essayant de déranger le moins possible vêtements et papiers. Aucune trace du chat. Je vais jusqu'à monter sur une chaise pour vérifier qu'il n'est pas caché en haut de la penderie, sans plus de succès. Restent les placards du couloir, mais ils sont fermés. Si je peux imaginer Virgile assez habile pour ouvrir une porte, il me semble impossible qu'il la referme derrière lui.

*

J'ai parlé longuement à Georgia ce matin – un coup de fil hors piste, très différent de ceux du soir. Que ce lien qui nous unissait, mon petit frère et moi, ne se laisse pas attraper lui paraît plutôt bon signe. Ça veut dire, d'après elle, que je ne me contente pas de relever les souvenirs clinquants. Le fond des choses est à chercher dans les plis du langage, explique-t-elle, les marges, les rayures. Ma grand-mère collectionne les aphorismes. C'est elle qui m'a initiée à la lecture et c'est grâce à ses encouragements que j'ai commencé, vers l'âge de quinze ans, à tenir une sorte de journal. Avec ses longues tresses qui tombent de chaque côté de son visage, Georgia a l'air d'un vieux Sioux. Quand nous étions petits, mon frère et moi, elle les portait enroulées autour de la tête façon poupée russe. Plus tard, si je suis toujours vivante, j'aurai des rides comme elle, en éventail autour des yeux.

IV

Deuxième semaine bien entamée

Mika fêterait ses vingt-neuf ans aujourd'hui. Ce matin, j'ai acheté un mille-feuille, son gâteau préféré. Je souffle les bougies à sa place, un trois et un zéro sculptés dans une cire trop blanche – à la pâtisserie du coin, ils n'avaient plus de neuf, alors je l'ai vieilli d'un an. Je vais manger le gâteau sans couteau ni fourchette, comme mon frère le faisait chaque année pour son anniversaire. La crème débordera de la pâte feuilletée, le glaçage collera aux doigts, il y aura des miettes partout, menton, table, carrelage, un vrai carnage.

Les bougies sont posées à plat sur le côté de l'assiette, la cire s'est creusée à l'endroit de la flamme. Les mèches sont noires, surmontées d'une petite boule de suie prête à casser. Le mille-feuille est épais, décoré selon la tradition par une succession d'accolades. J'ouvre grand la bouche pour limiter les dégâts. Je mâche de façon sommaire, avale en me forçant.

Deux bouchées, trois bouchées, pour quelle raison devrais-je me forcer ?

Je n'aime plus la crème pâtissière. Trop grasse, trop

sucrée et qui colle au palais. Je me lève, appuie sur la pédale qui actionne l'ouverture de la poubelle et m'apprête à jeter les restes du gâteau quand la voix de Mika griffe mon oreille.

Mon frère me dit : Pourquoi tu fais ça ?

Je me retourne, Mika n'est pas derrière moi, évidemment qu'il n'est pas derrière moi. Le couvercle de la poubelle se rabat dans un bruit de pneu qui se dégonfle. Je reste sur le qui-vive, mon cœur bat trop vite, je dois me calmer. Je sais comment nommer ce qui m'est arrivé : je viens d'avoir une hallucination auditive, mais l'effet de réel est si puissant que je ne peux pas m'empêcher de douter. Si ce n'est pas Mika, c'est peut-être quelqu'un d'autre qui m'observe. Par la fenêtre de la cuisine, je vois le jardin et, en me penchant un peu, les cuisines du bâtiment C. Je vais chercher les jumelles. Une femme rousse boit son café, un enfant s'endort dans les bras de son père, rien qui ressemble de près ou de loin à quelqu'un qui m'espionne. Le gâteau se retrouve dans un sac en plastique au fond du congélateur, avec les souvenirs récents de Mika. Je n'ai pas faim, et si j'ai acheté le millefeuille, si j'ai planté les bougies, ce n'est que pour célébrer à ma façon cette cérémonie à laquelle je n'ai pas eu le courage d'assister – l'enterrement de mon frère, ou plutôt sa crémation. Je m'en veux, j'aurais dû me forcer à y aller, histoire de claquer la porte une bonne fois pour toutes.

*

J'ai posé la pierre sur mon bureau. En fin de journée, quand la lumière tourne, elle me regarde. Elle a deux yeux sur le haut, façon crabe. Les mouches déshydratées sont dans leur pot, sur la console juste à côté. Certaines en séchant ont perdu leurs pattes, elles gisent au fond du bocal, fines et délicates.

Pattes de mouche, ces mots réveillent de mauvais souvenirs. Ma mère, debout derrière moi, m'observait pendant que je recopiais ma rédaction. Je venais de passer de justesse en CE1, je ne savais toujours pas former correctement les lettres, mais j'avais de l'imagination pour inventer des histoires. Ma mère se demandait pourquoi j'écrivais si petit. Tu n'es pas gauchère au moins? Puis, plus bas en me massant les épaules: Il ne manquerait plus que ça, que ma fille soit une gauchère contrariée...

Je ne savais pas bien ce qu'elle voulait dire à l'époque, mais aujourd'hui je peux l'affirmer: personne ne m'a contrariée, mes parents n'ont rien à se reprocher. Si j'écrivais petit, c'est que je me sentais petite. Ou encore, c'est que je n'avais pas envie qu'on lise par-dessus mon épaule. Les ongles de ma mère étaient durs, je ne les ai jamais connus autrement que très beaux, très lisses, recouverts de plusieurs couches de vernis.

Ma mère s'inquiétait pour moi, pour mon avenir, mes capacités d'apprentissage, et moi j'aurais aimé qu'elle arrête de planter ses pouces dans mes trapèzes sous prétexte de les détendre. Elle prétendait que c'était du shiatsu, ça me crispait. Mon frère n'était pas loin, il n'était jamais loin quand je faisais mes devoirs, toujours prêt à venir m'aider. Lui-même avait terminé depuis un moment. Sa bouche s'était crispée quand maman avait tourné mon écriture en dérision. C'était ce jour-là, le jour où elle avait parlé de mes pattes de mouche, qu'il avait décidé de m'apprendre à mieux tracer mes lettres, comme il m'apprendrait l'année suivante à trouver mon équilibre sur un vélo, plié en deux, courant derrière moi en tenant le porte-bagages. C'était un défi pour lui, raconterait-il plus tard, il ne pouvait pas supporter qu'on se moque de moi. Il refermait sa main autour de la mienne, la droite, celle qui tenait le stylo. Il accompagnait les mouvements de mon poignet. Il me demandait de me laisser faire. De ne pas résister.

Laisse-toi faire, ma Lilou, laisse-toi faire, combien de fois ai-je entendu cette injonction ? Mika attirait mon attention sur les lignes du cahier qui devaient me servir de guides. On les comptait, on vérifiait la hauteur des lettres et leur empattement, j'aimais ce travail de précision, mais lorsqu'il s'agissait d'une dictée, je n'avais pas le temps de compter les lignes. Le résultat était décevant. Mon frère avait beaucoup de patience avec moi, patience d'autant plus remarquable qu'il était, selon mes parents, d'un naturel impulsif. Lorsque je travaillais bien, son visage s'élargissait, il était fier de lui, de moi, de nous, et m'embrassait comme du bon pain.

Je me demande aujourd'hui d'où lui venait cette fierté. Peut-être me voyait-il comme une extension de lui-même. Depuis qu'il était né, j'étais là, collée à son berceau, puis à son lit bateau. Il n'avait jamais connu le monde sans moi. L'espace sans moi. Une chambre sans moi. J'étais une partie de son corps, une excroissance dont il devait prendre soin comme il prenait soin de lui-même.

Mon écriture progressait à la maison, mais de retour en classe, je me retrouvais toujours dans la même impasse. Les explications de Mika ne portaient pas sur le fond du problème. Lui, il voulait que j'apprenne à tracer les lettres, à les dessiner, mais moi, j'étais troublée par des questions autrement plus compliquées. Je ne comprenais pas pourquoi il était entendu que ce qui était écrit au tableau et ce que je devais écrire sur un cahier, c'était *la même chose*. J'avais beau me concentrer, cette affirmation m'échappait. La distinction était flagrante entre les marques de la craie sur le tableau et celles du stylo sur le papier, pourquoi s'acharner à nier l'évidence ? J'aurais dû en parler à mon père, je suis persuadée qu'il m'aurait comprise, lui qui pouvait pinailler toute une séance sur une virgule quand il dirigeait ses élèves, mais mon frère en aurait souffert. Il disait que notre père n'était pas très disponible en ce moment, qu'il était crevé, et ce moment n'en finissait pas de se prolonger.

Mon frère préférait qu'on se débrouille entre nous.

Mika en grandissant développerait tout un discours sur les adultes, que je trouve a posteriori assez peu en accord avec l'expérience que nous avions de nos parents, mais qui, les soirs de fête, amusait la galerie. Pour mon frère, les grandes personnes étaient fatiguées. Elles avaient souvent mal à la tête et prenaient du paracétamol. Il les trouvait floues, voire inconséquentes ou contradictoires, et quand elles s'adressaient à des enfants c'était la catastrophe, car elles essayaient de se mettre à leur niveau, mais elles s'y prenaient mal. Elles descendaient au lieu de monter. Elles ne comprenaient pas, disait toujours Mika, que les enfants étaient dix fois plus intelligents qu'elles.

Il y avait pourtant un domaine où les adultes étaient beaucoup plus compétents que nous. Ils respectaient à la lettre les dates de naissance. Les années s'accumulaient et j'avais toujours treize mois de plus que mon frère, ce nombre était incompressible, même si les apparences prouvaient le contraire. Mika me dépassait en taille et en poids, il réussissait dans toutes les matières et malgré ses hautes performances restait et resterait toujours le cadet. Même si j'étais sa petite sœur, il serait toujours plus jeune que moi. Même s'il sautait une classe. À propos de sauter une classe, ce sont mes parents qui ont dissuadé la directrice de le faire passer au collège avant moi. Ça les arrangeait que nous restions ensemble, avec le même emploi du temps. Ils n'avaient pas les moyens, expliquait mon père en baissant la voix, comme si c'était une maladie honteuse, de payer quelqu'un pour venir me chercher et m'accompagner à l'école quand ils travaillaient.

Et puis à deux, avait ajouté ma mère, ils s'épaulent. Toute seule, Alice ne pourrait, n'aurait, ne serait...

J'aimais bien ce verbe, *s'épauler*. À deux, je ne risquais rien, voilà ce que je voulais retenir de la conversation, ma mère ne se doutait pas de l'importance de ces phrases qu'elle semait en ma présence comme si je ne pouvais pas les comprendre. Le message est resté gravé dans mon esprit, même dans les situations les plus critiques de mon existence. La confiance que je portais à mon frère était absolue. Je savais bien que je n'étais pas aussi brillante que lui, j'étais même carrément à la traîne, et pourtant il avait besoin de moi. Georgia me l'avait fait remarquer: pour s'épauler il faut qu'il y ait deux épaules appartenant à deux corps différents. Mika s'appuyait sur moi autant que je m'appuyais sur lui, je le sentais bien, il fallait toujours qu'il sache où j'étais, ce que je faisais, si j'allais bientôt rentrer. Il était capable de s'adapter avec aisance aux situations les plus difficiles du moment qu'il m'avait sous la main. Sans sa Lilou, sa petite sœur chérie, il perdait ses moyens.

*

Il faudrait parler de nos parents avant ma naissance, quand ils n'étaient pas encore des parents. Ils s'étaient rencontrés par hasard et depuis ne s'étaient pas quittés – c'est ainsi que l'histoire était racontée dans la famille. Une même passion pour le théâtre et les arts plastiques les avait réunis. Ils rêvaient de devenir un couple de grands performeurs, de ceux qui convertissent les traumatismes de la société et les blessures intimes en œuvres magistrales. Après quelques tentatives dans l'espace public, ils avaient investi des scènes plus traditionnelles. Ils étaient devenus comédiens, des comédiens qui vivaient de leur art, ou presque.

Le presque est anecdotique, je l'aurais mis de côté s'il n'avait un lien avec la fameuse boîte à secrets que j'ai héritée de mon frère. Pour compléter leurs revenus, nos parents faisaient des travaux dans des maisons de riches. Ils s'étaient spécialisés dans la peinture et les papiers peints, les trois P, disait mon père en imitant l'accent américain de sa belle-mère, Peinture et Papiers Peints *pour mettre de la beurre dans les épinards*, et moi quand j'étais petite, je peux l'avouer maintenant, j'entendais *de la peur dans les épinards*. Je ne voyais pas le lien.

Le beurre, la peur, Georgia avait du mal avec les genres. Depuis, son français s'est amélioré. Nous récupérions les chutes que nos parents rapportaient des chantiers pour faire des collages ou des origamis, selon l'épaisseur du papier. Je nous revois Mika et moi, les déroulant sur le sol et les coinçant avec des piles de livres pour qu'ils s'aplatissent. Avant de les mettre sous presse, on les mouillait au brumisateur. Un jour, nos parents étaient rentrés avec un lé de papier velours d'une couleur inouïe, un gris tirant vers le rose, que mon frère avait transformé en boîte à secrets grâce à une succession de pliages savants. Mika l'appelait sa taupe. Je serais la seule, m'avait-il promis, qui aurait le droit de l'ouvrir. À ma connaissance, rien de bien précieux n'y était caché. Aujourd'hui la boîte est chez mes parents avec le reste des affaires de Mika. S'ils l'ouvrent, ils trouveront cette bague que ma tante, la sœur de mon père, avait cherchée partout. Nous n'aimions pas notre tante. Ils trouveront également une capote ramassée dans la salle de bains. La sexualité n'était pas un sujet tabou à la maison, au contraire, et pourtant ce préservatif, il nous semblait inconcevable de le laisser traîner par terre, inconcevable, surtout, que les parents apprennent que nous étions tombés dessus. Le troisième secret est le plus léger, matériellement parlant. Et le plus lourd symboliquement. Il relève d'une histoire compliquée, que je préfère garder pour moi. Il s'agit, là encore, de cendres et de feu.

*

— Alice ? Tu m'entends ? C'est moi, c'est Gaby.

— Gaby ?

— Gabriel du Karnataka. Gaby !

Il me tutoie, roule les R à l'indienne et prononce *Gayebi*, en mettant l'accent sur la première syllabe, il est drôle, ça fait longtemps que je n'ai pas ri tout haut. Le propriétaire se félicite de me trouver de si bonne humeur.

— Je te dérange, tu préfères que je rappelle plus tard ?

— Je suis seule, on ne peut pas imaginer plus seule.

— Tout se passe comme tu veux ?

— Tout se passe… au mieux… Et vous ?

Je vais lui parler du chat, maintenant, là, tout de suite, mais Gabriel m'interrompt. Il insiste pour que je le tutoie. Je réponds : Comme vous voulez, monsieur Tournon, et ça le fait rire à son tour.

— J'ai un service à te demander, enchaîne-t-il. Le cabinet vétérinaire m'a envoyé un message pour confirmer le rendez-vous de Virgile, vendredi en huit. Ça m'était complètement sorti de la tête, sinon je me serais organisé avant de partir. On doit lui faire son rappel de, de…

— Son rappel de vaccin ?

— Oui, voilà, de vaccin. Est-ce que tu aurais la gentillesse de t'en occuper ? Ce n'est pas loin du quai Malo, moins d'un kilomètre en remontant le fleuve. Le sac de transport est derrière les valises et le carnet de santé dans la poche extérieure.

Évidemment, j'aurais la gentillesse, pas la peine de prendre autant de précautions, en espérant que Virgile réapparaisse d'ici là.

La ligne est mauvaise, il y a de la statique comme dirait Georgia. À la chaleur de ses remerciements, je comprends que Gabriel n'a pas entendu la fin de ma phrase, Gaby qui parle et parle encore, il espère que j'ai adopté la table en bois, que je suis inspirée, il insiste pour que je fasse comme si j'étais chez moi – j'essaie de lui expliquer que justement, si je suis chez lui, c'est pour ne pas être chez moi, mais il ne m'entend toujours pas, il répète que je suis chez moi chez lui, et que je ne dois pas hésiter à me servir dans les placards de la cuisine. La communication est brutalement coupée, un trait net, sans appel. Me servir, mais me servir de quoi, Gaby du Karnataka ? Le frigidaire était vide à mon arrivée et le garde-manger ne contenait que des bouteilles d'eau minérale et trois boîtes de sardines. Rien ne traînait dans l'appartement, ni aliments, ni manteau dans l'entrée, ni photos. Gabriel avait tout remisé dans sa chambre. Un autre plus méfiant aurait donné un tour de clé, mais lui, non, il s'est contenté de tirer la porte en partant.

*

J'aime la voix de Gabriel, j'aime sa confiance, j'aime son appartement. J'aimerais parler plus longuement avec lui, qu'il me raconte la vie là-bas, mais je n'ose pas l'appeler. Il faudrait trouver un prétexte solide, et pour le moment, le seul prétexte que j'ai sous la main concerne le chat. Et je ne peux pas dire à Gabriel, comme si soudain je m'en rendais compte : Tiens, au fait, Virgile a disparu !

Enfin disparu… Ce n'est pas le mot juste. Il ne s'est jamais montré. À se demander s'il existe. Parfois, Gabriel me semble un peu décalé, il est très gai, très lumineux d'un coup, il se met à rire sans raison, c'est peut-être l'air du Karnataka. Enfin l'air… Si j'étais à sa place, je prendrais des nouvelles de Virgile, des nouvelles des plantes, mais non, il se contente de me répéter qu'il me fait confiance. Totalement confiance. J'ai écrit qu'il n'a rien laissé de personnel dans l'appartement, ce n'est pas tout à fait exact. Dans la seconde chambre (celle où je suis installée), Gabriel a abandonné quelque chose de lui, et pas n'importe quoi. Une trace intime, une empreinte qu'il aurait pu effacer d'un geste, mais qu'il n'a pas effacée : en s'asseyant sur le lit, il a laissé un creux au bord de la couette. Et quelques morceaux de fil blanc sur le tapis.

La marque de ses fesses, aurait dit Mika. Ce type ne manque pas d'air.

Je ne sais pas pourquoi je ne l'ai pas raconté quand j'ai décrit l'appartement, mais aujourd'hui il me paraît important de le faire. En remontant la piste des fils, j'étais arrivée dans la salle de bains. Un peignoir était suspendu près du lavabo. Il portait le souvenir d'un écusson au niveau de la poitrine, une frontière bien nette en forme de losange. Voilà ce que Gabriel Tournon avait fait le jour de son départ, un peu d'avance peut-être, quinze minutes à tuer avant l'arrivée du taxi. Il avait enlevé l'écusson du peignoir. Je l'imagine assis sur mon lit, soulevant puis coupant les points un par un avec des ciseaux à ongles…

J'ai été intriguée par cette obstination à effacer l'identité du peignoir. L'écusson ne devait pas être loin, Gabriel n'était pas perfectionniste, sinon il n'aurait pas laissé les fils traîner par terre, il devait l'avoir posé quelque part et, effectivement, je l'ai trouvé dans une vasque qui contenait toutes sortes d'échantillons de gel douche et de shampooing. Le nom d'un hôtel de Dieppe était brodé au milieu du losange, suivi de quatre étoiles. Ainsi, Gabriel descendait dans des hôtels de luxe. Avait-il enlevé l'écusson pour ne pas que je le voie, ou était-ce pour une autre raison ?

Je me demande ce que Gabriel Tournon a comme voiture, s'il a une voiture. Il travaille pour une entreprise de traitement des eaux, c'est ce qu'il m'a dit lors de notre première conversation.

Ça gagne bien, le traitement des eaux ? Je repense à la liste des mots, salaire, paie, émoluments, petite enveloppe, quoi encore ?

Il faut que j'arrête avec ça. Il est temps d'avancer dans l'histoire, mon histoire – c'est ce que j'écris en gros sur une feuille de papier que j'affiche au-dessus de la bouilloire électrique. AVANCER.

Je pense à Georgia, nous ne nous sommes pas parlé aujourd'hui. L'habitude d'afficher des phrases sur les murs vient d'elle. Toute notre enfance, elle nous a nourris, Mika et moi, de maximes calligraphiées sur des morceaux de carton découpé qu'elle distribuait dans la maison. Les pancartes voyageaient, passant de pièce en pièce, accrochées par un morceau de ficelle à rôti aux miroirs, à la sonnette, aux étagères, aux interrupteurs. Elles finissaient leur odyssée dans la buanderie où elles stagnaient jusqu'à ce que l'humidité ait définitivement raison de leur sagesse. Une citation signée Groucho Marx était restée plusieurs années au-dessus de mon lit. Pendant longtemps je l'avais regardée sans la comprendre, et un jour mon frère m'avait expliqué : *I was born at a very young age* (c'était la citation) pouvait se traduire par *Je suis né très jeune.* Ou *née très jeune,* l'anglais avait l'avantage de ne pas préciser.

Est-ce que Mika était né plus vieux que moi ? Avait-il profité, en arrivant en second, de mon expérience et surtout de l'expérience de nos parents ? On dit que les aînés ouvrent le chemin pour les enfants suivants. En ce qui me concerne, j'ai ouvert le chemin sans doute, mais ensuite je suis restée sur le seuil à tenir la porte. Je me demande même si je n'y suis pas toujours un peu.

*

Je sens encore le goût de la crème pâtissière, ou plutôt que le goût, l'odeur et la texture, cette douceur un peu écœurante au fond de la gorge. J'ai fait un drôle de rêve la nuit dernière. Le fantôme de mon frère est dans le salon, il m'explique qu'il faut écraser les mouches avant de les donner à Vanessa, le plus simple étant de les faire rouler avec la langue contre son palais avant de les recracher directement entre les lèvres de la plante.

L'eau du robinet a un goût de javel, je bois quelques gorgées en regardant le pull étendu à plat sur le tancarville, bras ballants. Deux petites flaques sur le parquet, ça va faire des taches, j'aurais dû l'essorer en le roulant dans une serviette-éponge (voilà que les vêtements se mettent à pleurer). L'image des mouches écrasées contre le palais revient me hanter. Les mouches, se mélangeant aux cendres. Mon frère, celui que j'ai appelé le fantôme de mon frère parce qu'il ne porte pas sa mèche habituelle dans mon rêve, est terriblement vivant et sa présence ne m'est pas agréable. Toute la matinée je me sens observée, mais il faut que je me rende à l'évidence : dans le salon, chez Gabriel, il n'y a pas de vis-à-vis. Si quelqu'un me regarde, ce n'est pas un être humain. C'est le chat.

Ou mon frère par les yeux du chat.

Je prends une douche très longue, la peau rougit, les limites de mon corps s'estompent. J'enfile le peignoir blanc et le serre à la taille. La pression de la ceinture me soulage d'une partie de mon poids. Une chanson que mon père chantait souvent dans notre enfance me revient en mémoire. Elle raconte la vie d'un homme fragile comme du cristal de Baccarat qu'un grain de sable, une simple bille, pouvait faire voler en éclats.

Si rien ne le protégeait du monde, rien ne le séparait du bonheur.

J'aime cette idée, elle me donne de la force. La suite du refrain m'échappe, mais y a-t-il seulement une suite ?

V

Deuxième semaine (fin)

Depuis mon arrivée, j'ai écrit une trentaine de pages de ce qui ressemble de plus en plus à un roman. Le problème qui se pose est simple à formuler et difficile à résoudre : par quel bout attraper l'histoire ? Je n'arrive pas à me décider. Je cours toujours derrière ma première phrase.

Je demande conseil à Georgia. La difficulté des premières phrases, me répond-elle, c'est qu'il n'y en a qu'une seule.

Et vlan, débrouille-toi avec ça. Elle revient un peu plus tard vers moi, nous parlons longuement. Commencer est un art mystérieux. Difficile d'en saisir les ficelles, pour la bonne raison qu'il n'y a pas encore de ficelle, pas de fil à tirer. On entre dans un récit comme on entre dans un théâtre, en acceptant d'y croire.

La liste des propositions continue de s'allonger. Il y a ces mots tout simples que j'aime bien : *Je suis l'aînée d'une famille de deux enfants.* Et ces autres qui me touchent plus que de raison : *Je pleure des larmes avec rien dedans.*

La dernière proposition est la meilleure de toutes celles

que j'ai notées, et la plus en phase avec ce que j'ai ressenti en découvrant la pierre et le pull à la place du chat, mais Georgia n'est pas d'accord avec moi. Mes larmes ne sont pas vides, loin de là, elles sont pleines d'émotions.

— Ce sont ces émotions, insiste-t-elle, que tu dois extraire, comme on extrait le sel de l'eau de mer. Question de temps, de soleil, d'évaporation. Et de travail, ma chérie, surtout de travail.

Une nuit je me réveille à trois heures, les tempes mouillées, alors se dessine une nouvelle piste encore : *Les paupières ne sont pas étanches.* Je crois être sur la bonne voie, je m'attelle à écrire la suite dans un état d'exaltation qui, jusqu'au petit jour, me fait oublier mes larmes. Après avoir noirci plusieurs pages, je me rendors pleine d'espoir. Un verrou a sauté. Le matin au réveil, je relis ce que j'ai écrit. Poubelle. Effondrement.

Je suis fatiguée, je ne sais plus où j'en suis. Qui me dira en inclinant légèrement la tête ? *Ne t'inquiète pas, petite sœur, je suis là, je serai toujours là pour toi.*

*

Une araignée a tissé sa toile dans l'angle formé par le mur du couloir et celui de ma chambre, c'est grâce à elle que je capture ma première mouche vivante. J'écris sur une feuille blanche que je date et affiche sur le mur au-dessus de la console :

AUJOURD'HUI, SAUVÉ UNE MOUCHE.

En vérité, il s'agit d'un sursis et non d'un sauvetage, mais l'idée me plaît. N'est-il pas préférable de finir ses jours entre les lèvres de Vanessa plutôt que réduite en bouillie par une araignée aux pattes velues ? Il faudrait demander à la mouche ce qu'elle en pense. Après l'avoir attrapée délicatement entre le pouce et l'index, je la relâche près de la plante carnivore. J'aurais pu la précipiter dans l'une de ses bouches, mais non, je préfère lui accorder une chance. L'insecte tourne autour des cils, s'éloigne, se rapproche avant de s'engager tout entière. Le piège se referme sur elle. Je l'entends se débattre, j'imagine ses ailes engluées par le suc visqueux. En quelques secondes, une minute à peine, le bourdonnement baisse en intensité puis s'éteint. Un decrescendo subtil, le son de la vie qui part. Je sens les pleurs qui reviennent, je pense à mon frère assis à côté de mon père devant le piano. Sa voix peut monter très haut. Je m'accroche à la vision du fleuve, je suis forte, comme lui, je résiste aux intempéries. Je ne vais tout de même pas pleurer pour une mouche.

Eh bien si, c'est reparti : je pleure pour une mouche.

*

Faire avec, me dit Georgia. Tu dois faire avec. Elle me lance un défi : écrire une scène de mon enfance ou de mon adolescence où il est question de ces choses mystérieuses qui m'envahissent.

Ces choses mystérieuses ?

Une nouvelle sur les larmes, précise Georgia.

L'image de mon frère et de mes parents s'exerçant à

pleurer devant le miroir du salon s'impose. Mika devait avoir quinze ou seize ans, il voulait devenir comédien. Les concours de stand-up de la Maison des associations ne lui suffisaient plus, il rêvait de passer celui du Conservatoire et s'entraînait tous les jours à convoquer des *états de corps*, comme il les appelait. Mes parents observaient les transformations de son visage, ils l'encourageaient, parlaient de son diaphragme, de ses lèvres, de son port de tête. Ils s'entraînaient eux aussi, car ils devaient bientôt animer un stage où il serait justement question de ces fameux états corporels qu'il était nécessaire de travailler régulièrement, d'après mon père, comme un musicien fait ses gammes. Le jour de l'arrivée des participants, j'étais à l'entrée de la salle pour distribuer les badges. Je me concentrais pour retenir les prénoms, comme plus tard je mémoriserais les noms des péniches. Mathilde, Marie-Luce, Brando, Eva, Tom, Lucas, Esteban…

Ils étaient tous sympathiques, très cool, aurait dit Georgia, mais cet Esteban avait quelque chose en plus. J'ai demandé l'autorisation d'assister à l'atelier du mercredi après-midi. Ma demande a été acceptée, et tout le monde m'a accueillie avec gentillesse. Mon frère participait également au stage, mes parents lui avaient demandé de ne pas dire qu'il était leur fils, pour ne pas compliquer les relations. Il racontait à tout le monde qu'il vivait dans les sous-sols du théâtre. Chez lui, la lumière du jour ne rentrait jamais. On le regardait avec un mélange de pitié et d'admiration.

Le mercredi était consacré aux exercices collectifs. Il s'agissait de provoquer les larmes sans déclencheur émotif – c'est-à-dire, avait traduit ma mère, de pleurer sans penser à la mort d'un être cher ou à tout autre événement triste qui les concernait de près ou de loin.

Penser à la mort d'un être cher, c'était de la triche. Il fallait apprendre à pleurer sans raison. Chacun y allait de son astuce pour obtenir des larmes mécaniques, de celles qui coulaient directement des yeux. Une fille en legging panthère, Solène je crois, affirmait que boire un soda d'un trait était une bonne technique pour pleurer, mieux que l'oignon rapport à l'odeur, mais manque de bol, ça faisait roter. Pour illustrer ses propos, Mika s'était lancé dans une tirade en ponctuant ses propos de rots retentissants. Je revois maman, contaminée par l'esprit potache, se mordre les lèvres pour ne pas céder au fou rire. Et papa tapant dans ses mains d'un air agacé.

Dans la liste des substances provoquant les larmes, le bâton mentholé utilisé pour se déboucher le nez, facilement dissimulé dans une manche pendant un casting, tenait la place d'honneur. On pouvait également jouer avec la sensibilité du globe oculaire, lever haut les paupières et fixer un point dans l'espace, ou son index, ou une source lumineuse, se mettre devant un ventilateur ou utiliser du collyre, mais rien ne marchait (c'était la conclusion de la première partie de la session) si l'on n'adoptait pas un comportement *adéquat*.

Alors, le travail commence vraiment.

À l'invitation des parents, et sous les applaudissements des autres qui l'ont choisi comme mascotte du groupe, Mika se lance dans une démonstration époustouflante, crispant son visage, le relâchant, baissant les commissures des lèvres en remontant les sourcils, se mordant l'intérieur de la bouche, faisant trembler son menton, puis il ajoute les sons (alors, même sans larmes, ça devient très crédible). Il gémit, accélère sa respiration, se met à bégayer d'une voix aiguë, à la limite de l'audible. À la fin de sa performance, les stagiaires applaudissent de nouveau et je rougis, comme si c'était moi qu'on acclamait. Ils sont ensuite invités à s'entraîner à deux, l'un en face de l'autre. Comme la salle de répétition est trop petite, certains couples peuvent aller s'exercer dans les loges.

Esteban sort de la salle. Je veux le suivre, mais ma mère me demande de l'aider à porter la malle des costumes, et quand j'arrive dans le couloir il a disparu. Il n'est ni dans l'entrée ni dans les loges, peut-être au foyer des artistes. Je pousse doucement la porte. Ce que je découvre me cloue sur place. Mon frère est à moitié nu avec la fille au legging panthère agenouillée devant lui. Je ne sais pas s'il jouit pour de vrai, ou s'il simule, mais l'expression de son visage levé vers le ciel est très convaincante.

Je devrais être choquée, mais non. Je trouve, ou plutôt je trouvais ça normal que mon frère s'éclate.

Quand j'écris ces mots, je me remets à pleurer. Évidemment que ce n'est pas normal de prendre ça à la légère, et pas normal de ne pas aller à la crémation, et pas normal que tout le monde soit si heureux de me savoir au loin, en train d'écrire.

J'aimerais changer de sujet, changer de disque comme dirait Georgia, mais je retombe toujours dans l'humide, le mouillé, le salé, le serré. Il est vrai que cette fois, c'est ma grand-mère qui m'a poussée à écrire sur les larmes. Il y a cette locution, être en larmes, constitué de larmes, comme une maison est en bois, en brique ou en béton. Parfois je me retiens de pleurer en détournant mon attention vers le fleuve. Je pense : c'est à lui de couler, pas à moi, mais une autre voix se superpose, celle de Mika. Il ne faut pas empêcher l'eau de sortir, m'avait-il expliqué après le stage, sinon elle s'accumule à l'intérieur du visage et ça fait de la boue sous les yeux. Des poches de vase, plus exactement, oui, c'est ce qu'il m'avait fait croire, des poches qu'il faut percer avec une aiguille pour les vider.

Mon frère aimait me raconter ce genre de chose. Coule, fleuve, coule et s'il te plaît, emporte-moi. Je n'ai plus envie d'arrêter ton courant comme on éteint une lumière, d'une simple pression du doigt.

*

Ce soir il faudra donner sa deuxième mouche à Vanessa, je l'ai noté sur mon agenda. Il y a une nouvelle pousse côté fenêtre, enroulée sur elle-même, d'un vert plus clair que les autres, presque transparent. Virgile finira bien par se montrer. J'ai remarqué dans le jardin derrière l'immeuble une écuelle qui doit appartenir aux locataires du rez-de-chaussée. Quand je les ai interrogés à ce sujet, ils m'ont juré qu'ils ne nourrissaient pas les chats. Leur truc, c'étaient les oiseaux.

Mardi, mercredi, jeudi, Virgile ne se montre toujours pas. J'hésite. Est-ce que je dois reporter le vaccin ? Le vendredi matin, je reçois sur mon téléphone l'adresse du vétérinaire (façon élégante de me rappeler le rendez-vous). Je réponds à Gabriel par un émoji représentant un chat qui louche.

Les larmes sont toujours là, derrière, prêtes à couler.

Je regarde sous le canapé, une fois de plus, fouille les placards de la cuisine. Quand arrive l'heure de partir pour la consultation, je décide d'y aller seule avec l'idée de convaincre le vétérinaire de me confier la dose de vaccin. J'ai déjà fait des piqûres à des animaux, et même à des humains, ce n'est pas difficile. Inutile de déranger Gabriel pour rien.

*

Un bâtiment modeste abrite le cabinet du vétérinaire. Les murs de la salle d'attente sont recouverts de posters d'animaux sauvages. Je n'ai pas de panier, pas de rat sur l'épaule ou de chaton réfugié dans mon blouson. Lorette, huit ans (c'est ainsi qu'elle se présente après m'avoir demandé mon nom) est assise près de la porte, une cage de hamsters sur les genoux. Elle me demande pour qui je viens consulter. J'aime son petit sourire quand je réponds : Pour moi, je viens pour moi. C'est ce sourire qui fait germer l'idée que oui, peut-être, j'ai besoin d'aller voir quelqu'un, comme dit ma mère. Lorette retourne à l'observation de ses hamsters. Une jeune femme assise à côté d'elle se caresse doucement le dos de la main. Elle porte une collection impressionnante de bracelets, comme l'héroïne de la chanson interprétée par Jeanne Moreau. Nous la connaissons par cœur dans la famille. Le tourbillon de la vie, ça nous parle. Je nous imagine dans une roue géante, le nez au vent. Mika donne le tempo. Les hamsters s'emballent, les graines de tournesol volent à travers les barreaux. Ils n'ont pas l'air malades, à moins que leur agitation ne soit le signe d'une poussée de fièvre.

— Alice ?

— Oui…

— Tu as des frères et des sœurs ?

Lorette se tourne vers la fille aux bracelets.

— Moi, j'ai une sœur. Et toi, tu es toute seule ?

— J'ai un petit frère. Enfin, j'avais un petit frère.

— Pourquoi tu dis « j'avais » ?

— Parce que maintenant, il a…

— Il a grandi ?

Je hoche la tête, oui, c'était exactement ce que je voulais dire, comment a-t-elle deviné ? Il est grand. Il a grandi. Quand j'écris que mon petit frère me manque, c'est bien ça qu'il faut entendre. Mon frère, celui de mon enfance, me manque. Celui qui se laissait maquiller les lèvres. Sonnette, interphone, un dalmatien entre dans la salle d'attente, suivi d'un homme à casquette. Les visages se tournent vers lui. Pas lui, le maître. Lui, le chien.

Pour quelqu'un qui a besoin qu'on le remarque mais n'aime pas se montrer, c'est commode d'avoir un chien. Toute l'attention se porte sur l'animal. L'acteur se cache derrière son personnage tenu en laisse. Je repense à Esteban. Mon frère m'avait demandé pourquoi il me plaisait, parce qu'il l'avait bien vu, ce n'était pas la peine de dire le contraire, je n'arrêtais pas de le regarder, alors qu'il n'était ni spécialement beau, ni spécialement talentueux.

— Qu'est-ce que tu lui trouves, répétait-il, hein, dis-moi, tu lui trouves quoi à cet Esteban ?

Il disait Echetébane, pour se moquer, en forçant sur

l'accent. C'est vrai, Esteban n'était pas spécialement beau, mais il avait du velours dans la voix. J'ai toujours aimé la douceur chez les hommes, et Mika le savait, mais ça ne lui suffisait pas de savoir. Il fallait que je lui dise, que je lui avoue.

Le chien ronflote, les hamsters se sont calmés. Lorette joue sur son portable, la femme qui l'accompagne, sa grande sœur si j'ai bien compris, se caresse toujours la main. Quand la porte du cabinet s'ouvre, le chien aboie comme si quelqu'un venait d'enfreindre les limites de son territoire. Le vétérinaire me fait signe d'entrer. C'est un homme de taille moyenne, bien cintré dans sa blouse bleu ciel, et très accommodant en général (c'est lui qui le précise d'une voix posée) mais là, en l'occurrence, il ne peut rien pour moi. Même s'il me donnait la dose, il faudrait que je revienne pour faire tamponner le carnet de santé, alors autant qu'il administre lui-même le vaccin. Il me demande si j'ai besoin d'autre chose, sa question me touche. Oui, j'ai besoin d'autre chose, un besoin urgent. Vous pleurez ? demande le vétérinaire. Il me tend un paquet de mouchoirs en papier. J'en prends un, il me dit de garder les autres. Il a l'air désolé pour moi, je ne dois pas hésiter à le rappeler dès que le chat aura réapparu. Et je ne dois pas m'inquiéter, pas l'imaginer coincé quelque part dans un placard en train de dépérir : les chats, ça miaule quand c'est en danger. Même les chats timides.

VI

Troisième semaine, premier jour

Agnès Darcq commence par me poser une série de questions sur les circonstances qui m'ont poussée à prendre rendez-vous en ligne. Ai-je déjà consulté dans le passé, m'est-il arrivé de penser à mettre fin à mes jours, ai-je un projet en ce sens actuellement ? Ai-je déjà eu des crises de larmes comme celle que je traverse en ce moment, est-ce que je pleure aussi la nuit, ou seulement le jour, puis elle veut savoir si je peux compter sur ma famille et si je ressens de la tristesse quand je pense à la petite fille que j'étais. Je réponds sagement. Un des proverbes de Georgia remonte à la surface, je le vois, je l'entends : *Les larmes sont à l'âme ce que le savon est au corps.* La psychologue ne le connaît pas. De quoi faudrait-il que vous vous laviez, demande-t-elle encore, la première chose qui vous vient à l'esprit ?

Je ne m'attendais pas à tant de questions. Agnès Darcq parle d'une voix grave, bien timbrée. C'est une professionnelle diplômée, qui propose ses services en téléconsultation comme tous les autres professionnels de la plate-forme, à ceci près qu'elle n'a pas mis sa photo dans le cadre prévu à cet usage sur sa page personnelle. La partie financière a été réglée en amont. Dans une boîte de dialogue réservée aux commentaires personnels, j'ai évoqué sans trop y croire la possibilité de passer le premier entretien dans l'obscurité. Ma demande a été acceptée. Quand Agnès Darcq veut savoir pourquoi je préfère parler dans le noir, je lui réponds que je n'ai pas envie que mon apparence colore mes propos. C'est pour cette même raison que je l'ai choisie, parce qu'elle n'a pas jugé utile de poster sa photo.

Elle n'est peut-être pas au courant que son portrait ne figure pas sur le site, car elle marque un temps de surprise. Puis elle dit, comme si elle parlait en italique : Très bien Alice. Mais encore ?

Je sens mon cœur bondir quand elle prononce mon prénom. Agnès est là dans la pénombre de son cabinet, je ne la vois pas, mais je devine sa silhouette. De temps à autre un éclair de lumière, comme une étoile filante, traverse l'écran – ce sont mes rideaux qui bougent, s'excuse-t-elle, je n'ai pas fermé la fenêtre, j'aurais dû mettre des pinces à linge.

Cette femme me plaît, à cause de ce genre de mots qu'elle prononce et qui ne tiennent pas dans sa bouche.

— Des pinces à linge, je répète.

— Oui ?

Je pense un instant à Virgile. Je l'imagine en train de marcher sur le toit de l'immeuble de la psychologue, comme s'il avait pu passer à travers l'écran, et j'en éprouve une sorte de vertige.

Une demi-heure plus tard, je suis toujours assise en tailleur, le dos contre le meuble de l'entrée. Je transpire, non parce qu'il fait chaud, mais parce que je suis émue. J'ai parlé de la pierre et du pull, sous le Chesterfield, cette sensation d'être trompée. Ou de m'être trompée. J'aimerais revenir en arrière et retrouver le Mika de mon enfance, sentir sa main conduisant ma main quand il m'apprenait à écrire. Je m'étonne de cette résurgence de tendresse après la mort de mon frère. Notre rupture était consommée pourtant, c'est comme ça qu'on dit, non, consommée ?

— Oui, on peut dire ça. On peut tout dire ici.

Je n'ai pas tout dit, c'est impossible de tout dire. J'ai raconté les hivers chez ma grand-mère, au bord de la mer, les jeux de rôle que nous inventions Mika et moi, le métier de mes parents. Je parle maintenant de *Naphtaline*, une pièce qu'ils avaient montée, peut-être en avait-elle entendu parler, c'est une pièce qui a eu beaucoup de succès. La psychologue ne commente pas. Elle aimerait en revenir au pull puisque c'est lui qui a déclenché la première crise de larmes, oui, le pull et la pierre, mais nous sommes en ligne depuis quarante-deux minutes. Le compteur défile en haut de mon écran, juste au-dessus du nom de la thérapeute. Si tout se passe comme prévu, il ne nous reste plus que trois minutes. Cette perspective me coupe dans mon élan. La psychologue laisse un blanc.

— Bien, dit-elle enfin.

Puis, m'ayant accordé un dernier moment pour répondre (mais répondre à quelle question ?), elle conclut : Il est temps de nous séparer.

C'est elle qui parle de séparation, elle qui choisit ce verbe.

Je remercie un peu trop, comme Gabriel Tournon lorsque j'ai accepté d'accompagner le chat chez le vétérinaire. Agnès Darcq me remercie à son tour. Elle me suggère de poursuivre l'entretien en prenant directement rendez-vous sur le site, me salue, et là tout bascule. Alors que je suis censée être partie, la lumière se fait dans le cabinet de la psychologue. Agnès ouvre les rideaux, elle est de dos, une silhouette fine dans des vêtements près du corps, et derrière elle, côté cour, au premier plan pour moi, il y a Mika, assis sur une chaise de bureau.

Mes pensées se précipitent. Je ne suis pas allée à la crémation, je n'ai pas vu mon frère dans la chambre mortuaire et rien ne me prouve que c'était lui, l'homme allongé dans le cercueil que mon père a pris en photo. Mika a tout inventé, monté sa mort de toutes pièces, nos parents se sont laissé prendre, et même Georgia a marché, tout le monde a cru à sa mise en scène, mon frère est vivant, je viens d'en avoir la preuve.

Sur l'écran, la vie continue. Sans se retourner, Agnès prononce cette phrase qui ne me quittera plus : J'ai l'impression que notre Alice n'a pas envie de savoir pourquoi elle pleure. Qu'est-ce que tu en penses, Sébastien ?

À ces mots, le jeune homme perd les traits de Mika. Qu'est-ce qui se passe, je ne comprends pas ce qui se passe, comment Agnès Darcq peut-elle affirmer que je n'ai pas envie de savoir, et que fait ce jeune homme dans le cabinet de la psychologue, ce jeune homme qui n'est pas mon frère ? Je m'apprête à demander des explications quand l'écran vire au noir. J'essaie de relancer la connexion, sans succès. Je téléphone au numéro d'urgence, celui à utiliser en cas d'annulation, et tombe sur une boîte vocale. Je laisse un message salé. Je demande qui est ce Sébastien qui a assisté à la séance sans mon autorisation. Je n'ai plus du tout envie de pleurer, j'ai envie de me battre. Je suis sur le point de raccrocher quand trois sonneries brèves me coupent dans mon élan. La boîte vocale m'a devancée.

Agnès Darcq ne s'en sortira pas aussi facilement. Je laisse un commentaire sur le site, demandant le remboursement de la consultation. Je dénonce une faute professionnelle, puis j'ajoute : grave. Faute professionnelle grave, en lettres capitales, ça en jette. Après avoir cliqué sur envoi, je me dis que nous sommes quittes, Agnès et moi.

Et tout de suite après, j'entends des applaudissements. Mika est là, je le sens. Je comprends que ça ne va pas, que je suis en plein délire. J'aimerais pouvoir démêler les choses avec quelqu'un, j'ai besoin d'aide encore, mais je ne vais pas contacter une deuxième psychologue pour analyser ma première séance, elle me prendrait pour une folle, et je suis peut-être un peu, comment dire, bousculée en ce moment, mais je ne suis pas folle, la preuve : même si j'entends les applaudissements de mon frère, je sais qu'il suffirait que je me retourne pour qu'ils s'éteignent. Je regrette la violence de mon message sur le site de téléconsultation, non parce qu'elle est disproportionnée, mais parce qu'elle ne me ressemble pas.

Le lendemain, je me connecte sur le site dans l'intention de reprendre rendez-vous, en pleine lumière cette fois. Je dois mettre les choses au clair. Sébastien est sans doute un stagiaire, un étudiant, la psychologue aurait dû me demander l'autorisation pour qu'il assiste à la séance, mais ce n'est pas si grave que ça.

Il n'y a pas mort d'homme, dirait Georgia.

J'ai beau chercher, Agnès Darcq n'apparaît plus dans la liste des psychologues. L'a-t-on écartée de l'équipe à cause de mon message ? Sa fiche a disparu. Quelques heures plus tard, je reçois l'annonce du remboursement de la séance, avec les excuses de la direction. La somme sera virée directement sur mon compte.

Je repense à Mika, et à sa façon de regarder entre ses cils quand il obtenait gain de cause. Il ne laissait qu'une mince fenêtre entre lui et le monde, un petit rectangle strié de lignes sombres, comme s'il faisait une révérence avec les yeux. Était-ce l'expression de sa modestie ? Je n'ai jamais compris s'il tirait de la satisfaction de ses succès. À l'écouter, la victoire n'était pas toujours synonyme de réussite. Il fallait accepter de perdre si l'on voulait gagner, l'un n'allait pas sans l'autre. Et moi, tu vois, m'avait-il dit un jour, je ne sais pas perdre. J'en suis incapable.

Cet aveu m'avait troublée.

*

Je me demande pourquoi j'ai parlé de *Naphtaline* à la psychologue – sans doute à cause du trou dans le pull en laine de Gabriel. L'année de notre passage au lycée, nos parents ont vécu leur heure de gloire sur les planches grâce à cette pièce traduite du finlandais. Il y était question de mites et d'écologie amoureuse. De trous dans la couche d'ozone et de trous dans la peau.

C'est drôle, avait dit Mika lorsque nos parents nous avaient parlé du projet, je ne savais pas qu'il y avait des mites en Finlande.

Et pourquoi n'y aurait-il pas de mites en Finlande ?

Dès la première lecture, nous avions adoré la pièce, mon frère et moi. Elle nous parlait. Le personnage principal était un chercheur spécialisé dans l'influence du climat sur les kératophages, ces insectes capables de digérer la kératine, protéine qui se trouve dans les cheveux, la laine, les fourrures. Et même les plumes, ainsi que l'auteur le soulignait dans le prologue – *et même les plumes* étant le sous-titre de son œuvre. Les répétitions se déroulant pendant les grandes vacances, nous avions assisté à toutes les étapes de la création. On nous demandait notre avis, et notre aide pour construire les accessoires, fabriqués avec des fils électriques tressés, façon scoubidous. Au bout d'un mois, mes mains étaient calleuses et mon esprit en ébullition. Mika en avait profité pour apprendre à faire les lumières, il était toujours fourré avec le régisseur, et le soir quand nous nous retrouvions il se jetait dans mes bras, mais tu étais où, se plaignait-il, je t'ai cherchée toute la journée. Il savait très bien que j'étais au fond de la salle avec mes fils électriques, mais il lui fallait jouer encore et encore la scène de l'abandon. Il me caressait la joue, me demandait comment j'avais trouvé les répétitions. Nous nous parlions comme si nous ne nous étions pas vus depuis longtemps. Deux semaines avant le début des représentations, mes parents lui avaient demandé de me donner un coup de main pour construire les derniers accessoires. Toute seule (refrain connu) je n'y arriverais jamais.

À deux, on bossait comme trois. Notre adhésion enchantait nos parents, jamais nous n'avons été aussi heureux en famille. Quand nous sommes retournés chez notre grand-mère aux vacances suivantes, nous étions encore tout imprégnés de *Naphtaline*. Mika a proposé de rejouer la pièce entre nous, avec Georgia et ses copines en guise de public. J'ai choisi d'interpréter le personnage masculin. Je me sentais plus proche de mon père que de ma mère, même si son rôle était moins gratifiant et ma carrure peu compatible avec la rudesse de ses propos. Mon frère incarnait à merveille le personnage féminin, il imitait les gestes de maman et les voir plaqués sur ce corps de très jeune garçon était drôle sans doute, mais surtout troublant.

Ou plutôt : les copines de Georgia trouvaient ça drôle, et moi ça me troublait. Mon frère était bouleversant quand il me prenait la main et la posait sur son cœur. Alors, je me disais que c'était lui, ma maman. Nous nous aimions d'un amour tendre, comme dans la chanson que nous reprenions en chœur dans la voiture. Nous tenions ça de nos parents, le goût des rimes et des situations impossibles. Nous avions hérité de leurs rêves et de leurs passions.

Ça me semble un peu artificiel aujourd'hui, en contradiction avec la suite de l'histoire, mais ce temps a existé, je ne l'ai pas inventé. Le temps de l'adhésion inconditionnelle. Il serait tentant de faire l'impasse et de sauter directement à des épisodes moins lisses de la vie familiale, mais pourquoi céder à cet engouement pour le côté sombre des histoires ? On prétend que le bonheur n'intéresse personne, pourtant, j'en suis persuadée au moment où j'écris ces mots : le bonheur intéresse.

Il intéresse parce qu'il est difficile à saisir, et tout ce qui est difficile à saisir est intéressant.

*

Nous avions dix et onze ans, ce n'est pas beaucoup dix ans, onze ans de vie. Nous étions fiers de voir nos parents sur des scènes d'envergure nationale. C'était la première fois qu'ils participaient à un projet qui avait du succès. Pas un succès d'estime, non, un succès grand public, avec salles pleines et articles dans les journaux. Pendant les répétitions, ma mère avait inventé que je pourrais tenir le rôle de souffleuse. Ça m'aiderait, selon elle, à renforcer ma capacité de concentration. Comme j'avais tendance à souffler trop tard, prenant des trous de mémoire pour de simples respirations, nous avions convenu d'un code avec mes parents. Si l'un ou l'autre pliait le pouce deux fois, comme pour allumer un briquet, c'est qu'ils avaient besoin de mon aide. Je passais tout le temps des filages à observer les pouces de mes parents, et surtout celui de mon père. L'idée qu'il puisse se rendre ridicule face à ma mère m'était insupportable, comme était insupportable à Mika l'idée qu'on se moque de moi. Si je partageais quelque chose de mon frère, c'était bien cette honte qui me saisissait lorsque mon père était mis en défaut. Je prenais ma fonction d'apprentie souffleuse très au sérieux. Lorsque je n'étais pas là, il paraît que papa s'en sortait très bien en improvisant. Mais improviser, remplacer les mots de la pièce par d'autres mots, l'idée me gênait, même dans un texte sur les mites traduit du finlandais. Je n'étais pas la petite-fille de Georgia pour rien.

Mon passage préféré, et celui où je me révélais la plus utile, était la tirade qui concluait le premier tableau. Je la connaissais par cœur. Ensuite, les répliques de mon père se faisaient rares et participaient d'une mécanique théâtrale plus abstraite. Le texte du troisième tableau était donné au micro en voix off par ma mère, depuis la régie, pendant que mon père exécutait une espèce de chorégraphie. Pourquoi écrire *une espèce*, il s'agissait bien d'une chorégraphie, sans doute cette idée que mon père, à ce moment-là, était considéré par le public comme un danseur, et non comme un acteur, me dérangeait. Pour fuir cette vision, mon esprit s'échappait et parfois même je m'endormais. Je me réveillais après la scène du meurtre (la pièce se terminant par des coups de feu – les fameux trous dans la peau évoqués plus haut qui faisaient écho, en voix off, aux trous des insectes kératophages). Ma mère portait une très belle robe d'un bleu métallique avec des manches gigot. Son pistolet était caché dans les plis du tissu. Mon père tombait à genoux, la tête renversée en arrière, et restait ainsi jusqu'à ce que les projecteurs s'éteignent.

Alors, Mika se tournait vers moi. C'était à notre tour de jouer. Nos mains se déchaînaient, nos joues viraient au rouge, nos yeux brillaient, nous applaudissions à tout rompre la mort du père, et c'est à celui de nous deux qui taperait le plus fort. Enfin papa ressuscitait, les lumières se rallumaient, il souriait en direction du public, puis de celle qui venait de lui tirer dessus, pour confirmer que tout cela, c'était du théâtre. Quand papa, d'un geste généreux, désignait maman, l'obligeant à faire quelques pas vers la salle, les spectateurs se levaient pour l'applaudir. Il la laissait seule sur le devant de la scène le temps de recueillir son ovation, puis venait la rejoindre. Quand il se baissait à son tour pour saluer, on voyait le dos de sa chemise mouillé de sueur. Et cette sueur-là, cette marque arrondie sur le dos du père, me troublait plus encore que de le voir danser.

Malgré l'impatience de Mika, nous devions attendre que le public soit sorti de la salle pour que le régisseur nous accompagne dans les loges. Cette attente était pénible. Nous n'aimions pas entendre les commentaires, même lorsqu'ils étaient positifs. Ils paraissaient toujours fades par rapport à l'énergie que venaient de déployer nos parents. Souvent, les compliments les plus élogieux étaient accompagnés d'un bémol. Il y avait toujours une petite chose qui clochait.

Il ne faut pas s'inquiéter, la petite chose qui cloche, c'est la signature du spectateur, disait le régisseur, et la preuve qu'il est bien vivant. Ce n'était pas parce qu'on l'avait immobilisé et plongé dans le noir qu'il perdait son sens critique.

Un soir, un homme en veste jaune s'est moqué de la façon dont mon père mourait sur scène. Trop appuyé, le jeu, et franchement grotesque la chorégraphie du dernier soupir.

Comment pouvait-il utiliser ces mots en parlant de papa ? J'avais envie de disparaître sous les fauteuils. Mon frère m'a rassurée, c'était un gros con, affirmait-il en faisant sonner le C, je l'ai vu dans la salle, pendant tout le début de la pièce il dormait ! Un gros connard, petite sœur, il ne faut pas l'écouter. Papa était très bien ce soir. Et maman ? Maman aussi, excellente, comme d'habitude. Pour confirmer la force de son dédain et m'en donner une preuve concrète, il avait suivi le spectateur et lui avait craché dessus. Ça faisait comme une fiente de pigeon sur le jaune de la veste. On s'est barrés en courant. Comme je l'ai aimée, cette course dans les couloirs du théâtre. À bout de souffle, on s'est arrêtés, et Mika m'a serrée dans ses bras. Jamais il ne laisserait dire que nos parents étaient ridicules, et encore moins grotesques, même si parfois ils l'étaient.

Je m'étais écartée. Pourquoi avait-il ajouté : *même si parfois ils l'étaient* ?

Encore aujourd'hui je me demande si mon père était ridicule ou, au contraire, génial dans la scène finale. J'aimerais pouvoir lui demander ce qu'il en pense, mais je n'ai pas le courage. Nous nous parlons peu, mes parents et moi, même si on s'appelle souvent. On s'accroche au présent, aux choses à organiser. Juste avant de partir chez Gabriel Tournon, j'avais trouvé en rangeant mes affaires le programme de *Naphtaline.* Ma mère signait le texte de présentation. La mite adulte prise au piège d'une éprouvette, racontait-elle, se laissait tomber au fond du tube sans réagir. L'immobilité était son unique réponse aux agressions qu'elle subissait, et c'était ce comportement qui avait inspiré l'auteur. Comportement qui se rencontrait aussi chez les êtres humains, commentait ma mère, en particulier chez les individus ayant subi des traumatismes pendant leur enfance. Le sous-titre de la pièce venait souligner cette observation : on ne traversait pas ce genre de situation sans y laisser des plumes.

Un autre détail avait retenu l'attention maternelle. Les mites adultes suivaient un parcours de vie peu enviable. Elles consacraient toute leur énergie à chercher un partenaire, puis un lieu pour la ponte. Quand elles avaient trouvé l'un et l'autre, elles se reproduisaient et rendaient l'âme – si les mites ont une âme, écrivait ma mère en guise de conclusion, et j'imaginais son sentiment de satisfaction en se relisant.

VII

Troisième semaine, suite

Depuis dimanche, la température a chuté. La météo annonce moins deux la nuit prochaine (ressenti zéro). Les fleurs des prunus du boulevard de la gare ont viré au marron. Je marche lentement, tête baissée, comme si je cherchais quelque chose par terre. J'évite les regards, je capte les voix. Je les enregistre mentalement. Je récolte les clichés sur la fonte des glaciers, les hirondelles, l'avancée des bourgeons. On dit : il a gelé ce matin. On lance des proverbes avec des noms de saints, on se frotte les mains pour les réchauffer.

De retour sur les quais, je m'arrête près du banc de la vieille dame au capuchon. Elle n'est pas là, pourtant c'est son heure. J'espère qu'il ne lui est rien arrivé. Le fleuve a encore enflé, bientôt il débordera sur les berges. Un tronc de bois immobile, bloqué en plein courant à quelques mètres du pont, attire mon attention. Je ne comprends pas ce qui le retient et ne cherche pas à comprendre. Je me pose simplement la question. Agnès Darcq a raison, je n'ai pas envie de savoir. Je préfère imaginer qu'il s'est arrêté là par hasard, ou par magie, comme mon regard s'est arrêté sur lui.

Je suis dans un état étrange depuis que j'ai vu mon frère dans le cabinet de la psychologue. Quelques secondes, j'ai cru qu'il était vivant, et ce n'était pas forcément une bonne nouvelle. Je me sens rabotée, comme passée au papier de verre. Mes yeux se sont asséchés et mon humeur est lisse, absente, est-ce qu'on peut dire cela ? Une humeur absente. Pas de hauts ni de bas, pas d'odeurs particulières, pas de couleurs ou toutes les couleurs, je suis blanche et crayeuse, je n'ai même plus peur pour le chat.

Ma peau est couverte d'une fine pellicule de papier buvard.

Ou talquée, c'est ce que je dirais si je devais me décrire à la psychologue, car je continue à lui parler pendant mes promenades. Il a suffi d'une séance pour qu'elle devienne mon interlocutrice privilégiée, j'ai même demandé à Georgia et à mes parents si ça ne les dérangerait pas qu'on se téléphone moins souvent. Je vais bien, il ne faut pas qu'ils se fassent de souci pour moi.

Bien, mais bien de quelle façon ?

J'entends les commentaires succincts de la psychologue, cette manière précise d'aller au cœur des choses sans les anticiper. J'imagine sa concentration, son attachement à l'instant présent, sa qualité d'écoute. Elle a perçu mon hésitation quand elle m'a demandé si j'avais déjà consulté. Elle a répété la question, je suis passée à autre chose. J'aurais dû lui parler des rendez-vous chez l'orthophoniste, je regrette de ne pas l'avoir fait.

Le premier rendez-vous avait eu lieu à l'entrée du CP, ma mère s'inquiétait à mon sujet, son médecin lui avait conseillé de consulter. Contre toute attente, c'est à elle qu'on avait fait passer le test pour savoir si j'étais dyslexique, je ne sais pas si c'est une procédure habituelle. Je me souviens de ce test en détail parce que maman s'en était inspirée pour écrire un sketch que Mika reprendrait quelques années plus tard lors du Stand-up Challenge organisé par la Maison des associations. Il interprétait les deux personnages, l'orthophoniste pointilleuse et la mère de famille dépassée par les événements. Votre enfant confond les sons, disait-il, *pas du tout, un peu, beaucoup, extrêmement,* cochez la case qui correspond au cas de votre enfant, votre enfant a du mal à fusionner les sons, votre enfant a du mal à fusionner les syllabes, il a tendance à les inverser, votre enfant écrit traceur au lieu de tracteur, insecte au lieu d'inceste, et ça continuait comme ça, de plus en plus rapide, de plus en plus décalé, avec toujours ces *pas du tout, un peu, beaucoup, extrêmement* qui provoquaient le rire puis le fou rire du public.

C'était drôle, sans doute, mais ça ne m'amusait pas. Jeune espoir, jeune talent, jeune pousse… Mika raflerait grâce à ce sketch tous les prix dans sa catégorie. Son sourire lunaire remportait l'adhésion du jury. On admirait sa diction, son sens du naturel. Pour en revenir à mon éventuelle dyslexie, deux ans après la première consultation, j'avais passé les tests à mon tour. Maman n'avait pas eu le droit d'entrer dans le cabinet, on l'avait priée de m'attendre dans le couloir du centre médico-social, en plein courant d'air. À la fin du rendez-vous, l'orthophoniste était venue la rassurer. Elle était formelle : je ne l'étais pas.

Ni dyslexique, ni dys rien, tout allait bien.

Avec des tirets : Tout-va-bien, avait-elle répété en souriant derrière ses lunettes, comme si elle pouvait réussir, en trois mots, à balayer des années de doute. Si j'avais tendance à rêver, c'est que j'étais rêveuse, ce n'était pas une maladie. Et si j'écrivais petit, penché, de façon illisible parfois malgré une vue normale, une écriture de cochon, avait traduit maman, exagérant, m'expliquerait-elle sur le chemin du retour, pour que mon cas ne soit pas pris à la légère, c'est que je souffrais, avait conclu l'orthophoniste, d'un défaut de posture. Est-ce que je faisais du sport ? Du dessin ? De la musique ? Je devais prendre confiance en moi, confiance en mon corps.

La lecture était ma seule activité extrascolaire, je m'y adonnais passionnément, mais ma mère pensait sans doute que c'était insuffisant. Elle a répondu que j'étais inscrite à l'atelier théâtre de la Maison des associations, omettant de préciser que c'était elle et son mari qui dirigeaient l'atelier, et que je passais mon temps assise au fond de la salle avec un bouquin.

— Le théâtre, on ne peut pas rêver mieux pour Alice ! s'exclama l'orthophoniste en enlevant ses lunettes. Laissez votre fille apprendre à son rythme et tout rentrera dans l'ordre.

Alors a commencé une conversation embarrassante. Ma mère a pris sa voix de comédienne, celle qui n'est pas forcément très forte, mais qui porte loin.

— Comment pouvez-vous dire dans une même phrase,

a-t-elle articulé, que *ma fille va très bien* et que *tout rentrera dans l'ordre*?

Puis, levant les sourcils : C'est pas un peu contradictoire ?

Plus tard à l'arrêt de bus, ma mère s'était moquée de l'orthophoniste. Elle la trouvait ridicule avec ses lunettes en écaille et sa robe violette. Je sentais ma paupière droite trembler, puis se refermer involontairement. Dans l'abribus on se retournait, on nous observait du coin de l'œil. Quand ma mère a parlé des collants fantaisie de l'orthophoniste – tu as vu ses collants ? – je lui ai serré la main de toutes mes forces. Une fois à la maison, je l'ai suppliée de ne pas tirer de sketch de ce second rendez-vous. Elle m'a promis qu'elle n'écrirait rien là-dessus, et elle a tenu sa promesse. On ne peut pas lui enlever ça. Ma mère est comédienne, c'est une femme de parole.

*

Sensations particulières en marchant sur les quais. J'ai l'impression que le monde est un décor qui se construit à mesure que j'avance. Si je me retourne assez vite, je verrai le vide derrière moi. Mais je ne me retourne jamais assez vite. De la même façon, l'univers se construit et se déconstruit sur les côtés, comme dans un jeu vidéo. De retour à ma table, l'espace retrouve sa stabilité. Parmi les sujets qui me colonisent, il y a celui-ci qui peut paraître anodin, mais qui pour une raison mystérieuse revient de façon cyclique : comment intégrer le fleuve à mon récit ?

Je le regarde, matin, midi, soir, même la nuit quand je

me relève pour aller aux toilettes, je l'observe. Le fleuve coule à vitesse régulière, que dire à ce propos ? Évoquer la mélancolie qu'engendre la constance du courant, ou m'accrocher à cette constance pour en tirer de la force, un *quoi qu'il arrive* qui aurait le pouvoir de me rassurer ? Il y a moi, et à cent mètres, il y a de l'eau qui passe, une grosse masse d'eau, c'est tout ce que je parviens à formuler. Je n'ai pas l'habitude des fleuves, je ne les connais pas, ils m'intimident. Je ne les ai pas rencontrés dans mon enfance. Et puis ce pont à portée de vue me dérange. Quand quelqu'un s'arrête pour admirer le paysage, qu'il s'approche du parapet, j'ai toujours peur qu'il saute.

Georgia à qui j'en parle me conseille de changer de registre. Et si je passais de la vue à l'odorat ?

— Le matin, par exemple, quand tu sors à la fraîche, il sent quoi, ton fleuve ?

— Les radis, les petits pois ou alors… le quinoa, oui, il sent le quinoa en train de cuire.

— Quelque chose de pétillant ?

— Vert et pétillant.

Georgia me félicite, tu vois quand tu t'y mets.

— Et à midi ?

— À midi, c'est une odeur plus minérale, ou de ferraille, un peu acide, ça dépend des jours. En fin de journée, les végétaux reprennent le dessus. Ça sent la boue, la vase, tout ce qui stagne sur les bords et se décompose. Quoi encore ? Je ne sais plus, peut-être que j'invente, ça sent un peu le gaz, comme une odeur d'œuf pourri.

Georgia m'encourage à mener l'enquête, elle me quitte, elle doit aller à la gym suédoise. Je n'arrive pas à me concentrer. Mon esprit s'éloigne du fleuve. Il vagabonde. Je repense au couloir du centre médico-social. En attendant que je rentre dans l'ordre, comme l'orthophoniste l'avait suggéré, mon frère a eu l'idée de me faire recopier des textes, puisque j'aimais ça, les textes. J'ai suivi ses conseils, il savait ce qui était bon pour moi. Il est allé prendre des livres dans la bibliothèque théâtrale des parents, et m'a rapporté toutes les pièces de Sarah Kane. Dans l'une des publications était glissé un article avec la photo de l'autrice. Je suis tombée immédiatement sous son charme.

Ce qui m'attirait dans les pièces de Sarah Kane, c'était Sarah Kane. Le reste me semblait hermétique. Enfin, presque tout le reste. À l'époque, je n'avais pas d'idées noires, ou tout le moins je ne les appelais pas comme ça, pourtant je comprenais très bien qu'on puisse en avoir. Je comprenais que l'on puisse écrire : *Je suis abîmée, et personne ne peut me sauver.*

Ou encore (comment ai-je pu vibrer pour ces mots au point de les inscrire au feutre indélébile sur mon sac de cours ?) : *L'amour me tient en esclavage dans une cage de larmes.*

Je grossissais les lettres, j'arrondissais leurs angles et les attachais les unes aux autres comme on nous obligeait à le faire à l'école. Je trouvais cette habitude non seulement pénible mais obsolète. Est-ce que Sarah Kane attachait ses lettres ? Je regardais son visage, encore et encore. Elle avait les cheveux courts, coupés à la garçonne, et de la fausse fourrure sur le col de son blouson. Elle portait une ceinture à boucle carrée. À mesure que je m'attachais à elle, je découvrais d'autres photos, mais aucune n'était aussi bouleversante. J'aimais l'idée que les phrases sorties de ce corps passent dans mon corps par l'intermédiaire de mes yeux, c'était notre façon à nous de communiquer.

À force de recopier les pièces de Sarah Kane, j'ai fait de gros progrès. L'année suivante, j'avais deux écritures nettement séparées. Une pour mon usage personnel, faite de ces pattes de mouche qui tomberaient bien des années plus tard au fond d'un bocal, et l'autre pour les études, une écriture d'apparat en somme, qui attirait les compliments. Georgia était aux anges, mes parents étaient aux anges, et moi je m'appliquais.

Mon chemin était exemplaire, disait maman, elle était tellement fière de moi, j'avais su attraper ma chance, et tout ça grâce à mon frère, il ne fallait pas l'oublier, jamais l'oublier. Sans son aide, on m'aurait placée aux Étoiles.

Étais-je vraiment si inadaptée à l'école, si inadaptée tout court ?

Les Étoiles, un établissement scolaire spécialisé pour enfants en difficulté.

*

Coup de mou ce matin. Après mes heures quotidiennes de travail alimentaire, j'entreprends d'écrire sur des feuilles de couleur, achetées au bazar en face de la poste, tout ce qui me vient à l'esprit à propos de mon enfance avec Mika. J'expose les pages dans le couloir, patchwork de souvenirs, d'encre et de papier, drôle de fresque en vérité où se côtoient les émotions les plus triviales et les plus délicates. Que faire avec tout ça ?

Une fille me prend à l'écart dans la cour de récréation. Elle me chuchote à l'oreille : Il est *bizarre*, ton frère. Je n'ose pas lui demander pourquoi.

Sur le chemin de l'école, Mika me met en garde contre les pédophiles comme si lui-même n'était pas concerné.

Il y a cette expression que Georgia emploie souvent et qui m'intrigue : on ne doit pas jeter le bébé avec l'eau du bain. Je ne sais pas si c'est vrai, mon frère raconte qu'elle a subi un avortement qui a mal tourné, après la naissance de maman.

Mika passe les cours à aplatir les capuchons de ses stylos avec ses dents, il faut toujours qu'il fourre quelque chose dans sa bouche. Pour s'endormir, il mordille le coin de son foulard, de sa veste de pyjama, de son oreiller.

Un soir, nous sommes au lit, blottis sous les couvertures. Je lui pose la question : Tu aurais préféré que je sois un garçon ? Sa réponse est formelle, bien sûr qu'il aurait préféré ! Il m'envie d'avoir un frère. Un petit frère. Il aimerait tellement être à ma place. Je ne peux pas savoir comme c'est fatigant d'être grand.

Mika me demande de fermer les yeux. Il me dit : Tu veux aller où ? Je réponds : À Tokyo. Et nous allons à Tokyo.

Pendant toute une année, il insiste pour que je lui lance des défis. Il vole les babioles que je lui désigne au supermarché et se fait punir. Il veut prouver que pour moi il est capable de tout. Il dit que je suis sa princesse, ou alors son petit chien. Il m'offre des barrettes. Il dit encore que les autres l'ennuient. Moi aussi, les autres m'ennuient. Nous sommes deux animaux qui nous tenons chaud.

Mika prétend qu'il sait lire les lignes de la main. Il

peut voir le passé et parfois l'avenir, mais le présent reste flou. Je le crois quand il me dit ça. Je n'ai pas besoin de preuves.

Un été, Mika part sans moi en vacances. Je ne m'en souviens plus, c'est Georgia qui me l'a raconté. Il paraît que je le réclamais, que je ne voulais plus manger.

On joue au jeu de l'interprète. Je simule une extinction de voix. Mon frère parle à ma place et je hoche la tête pour confirmer ce qu'il dit. Si j'arrive à rester tout un dimanche sans prononcer un mot, il porte mon cartable pendant trois jours.

Mika aime dessiner, il est très doué, le prof d'arts plastiques expose ses dessins dans la classe. Ses motifs préférés ? Des insectes et encore des insectes, mais aussi des momies, des pharaons, des éclopés. Il fait très bien les bandelettes.

Il me demande comment je pouvais vivre sans lui, avant sa naissance. Ça l'intrigue cette partie de mon existence. Je n'en ai aucun souvenir, évidemment, mais il insiste. Tu n'as qu'à inventer, dit-il, toi qui as de l'imagination ! Je lui raconte que j'étais transparente, qu'on pouvait voir entre mes côtes. Sa venue m'a donné des couleurs. Je crois que c'est une image assez fidèle à la réalité.

Après avoir relu mes souvenirs à voix haute, je vais m'asseoir devant la fenêtre et je note d'un trait sur une page blanche :

> Pour sa voix douce, sans tremblement
>
> Pour cette habitude que j'avais prise de lui laisser faire mes lacets (il me suppliait, laisse-moi, laisse-moi)

Pour cette virgule sur son visage, ce petit point d'étonnement

Pour son côté chien de berger, qui voulait rassembler tout le monde, qui voulait que tout le monde soit heureux

Parce qu'il n'aimait pas son prochain, mais aimait son pareil

Pour la fierté d'avoir un frère

Parce qu'il est mort et que je sais ce que je lui dois

Parce qu'il est arrivé au bout de ses peines, et pas moi

Malgré tout, la suite, le reste, les conséquences, les séquelles, les cicatrices, on appelle ça comme on veut

JE DOIS CONTINUER À ÉCRIRE

*

Ma grand-mère a une colle à me poser. Je suis tellement heureuse d'entendre sa voix.

— Tu sais comment on appelle le petit du hérisson ?

Georgia est formelle : le petit du hérisson s'appelle un choupisson. Quand il naît, il est nu comme un ver, heureusement pour la mère, tu imagines l'accouchement avec les piquants…

— Et le mâle, tu as pensé à ce qu'il endure, le mâle, quand il fait l'amour ?

J'ai envie de lui demander si c'est vrai, cette histoire d'avortement après la naissance de maman, mais je n'ose pas, ce sera pour une autre fois.

*

Depuis que j'ai parlé avec Agnès Darcq, je m'oblige à sortir au moins une fois par jour et à prendre des repas réguliers. Faire des courses dans le quartier est un jeu d'enfant. Pas besoin de réfléchir, de prévoir, de chercher : tout est là, à portée de main. Rue principale, entre la poste et le coiffeur, il y a la boutique d'un tatoueur qui vend aussi des cassettes audio. Il paraît que ça revient à la mode, c'est ce qui est annoncé sur la vitrine : K7, *le retour en grâce.*

À quand le retour des VHS ?

Je revois les cassettes de mes parents, les commerciales et celles fabriquées maison avec le titre au feutre sur le dos. Mon père racontait que dans sa jeunesse il enregistrait les morceaux qui passaient à la radio, ça ne s'appelait pas du piratage, c'était comme ça qu'on faisait. Parfois la bande se coinçait dans le mécanisme du lecteur, il fallait la rembobiner avec un crayon ou un stylo bille. Je ne sais pas pourquoi, mes parents nous en parlaient souvent, ça les amusait cette histoire de rembobinage. Ils racontaient qu'un jour ils avaient essayé de défroisser une bande en la repassant, et qu'elle était restée collée sur la semelle du fer. Ma mère l'avait photographiée, elle aurait aimé en faire le centre d'une installation, c'était ce genre de situation qui l'inspirait. Elle imaginait une table à repasser qui permettrait de lire la musique incrustée dans le fer, en avant, en arrière, avec ses scratchs et ses changements de vitesse.

*

Mika n'était pas le seul à jouer avec l'idée de la mort. J'ai commencé très jeune à imaginer mon enterrement, et il m'arrive encore de le faire. Ça se passe toujours dans le même cimetière, au fond à gauche contre le mur d'enceinte. Au fil des années, la cérémonie gagne en précision. Un jour d'été, mon frère et moi étions allongés sur un paréo à la plage (je me souviens très précisément des motifs du tissu, une indienne colorée rapportée de tournée par mes parents), j'ai trouvé le courage de lui demander si c'était grave d'avoir ce genre de pensées. J'ai mis des guillemets à *grave* en traçant deux petites virgules dans l'air avec le majeur et l'index, comme Georgia le faisait lorsqu'elle parsemait ses phrases de mots anglais. Mika m'a rassurée, ce n'était pas grave.

— Moi aussi j'imagine ton enterrement, avait-il ajouté, qu'est-ce que tu crois.

Je n'ai pas mesuré à l'époque la violence de cette réponse. Je connaissais l'attirance de Mika pour les cimetières, lorsque nous étions en vacances chez notre grand-mère, il fallait toujours qu'il m'y entraîne. Nous rapportions de nos expéditions de beaux rubans violets piqués de lettres dorées. J'étais très forte pour trouver les anagrammes des messages funéraires, mon frère s'enthousiasmait. Il prétendait que j'étais géniale, même si je n'utilisais pas toutes les lettres, et se mettait à ma disposition pour les changer de place en ouvrant et en refermant les attaches métalliques avec son Opinel. Si son esprit potache y trouvait son compte, ses doigts en souffraient. C'était un travail fastidieux. *À notre tante* devenait *Étonnez tata*. *À mon épouse*, *Ô ménopause*. Les classiques *Regrets éternels* pouvaient se décliner sous plusieurs formes, dont *Terrestre gelé*, ma préférée. Notre but était de rapporter les rubans customisés sur leurs tombes respectives, mais nous étions un peu brouillons, il aurait fallu noter. Nous avions peur d'être repérés, ça faisait partie de l'excitation sans doute, alors je peux l'avouer à présent, on les reposait n'importe où, les rubans.

Heureusement, personne ne nous a jamais pris en flagrant délit. Je ne comprends pas comment la petite personne paisible que j'étais a pu non seulement adhérer, mais devenir le moteur de ce jeu macabre. Je pourrais dire que l'appropriation des rubans était pour moi une façon de séduire mon frère. Les lettres étaient là, à ma disposition, pas besoin de les tracer, il suffisait de les intervertir pour leur donner un sens nouveau. Et pour intervertir, j'étais championne, moi la grande sœur qui était devenue petite, sans que personne, jamais, n'y trouve à redire.

Dans la même veine que nos visites au cimetière, en moins morbide, je jouais au Scrabble avec Georgia. Aujourd'hui encore, quand je vais lui rendre visite, nous jouons. J'aime cette idée de tirer la meilleure solution possible d'une quantité définie de lettres. J'ai inventé une technique infaillible. Au lieu de regarder les jetons alignés en rang d'oignons sur leur chevalet, je les visualise dans l'espace. Je les dispose mentalement à sept endroits du salon et il me suffit de fixer le plateau pour voir défiler les combinaisons. Les voyelles et les consonnes se déplacent les unes vers les autres, comment expliquer cela ? Elles s'attirent ou se repoussent à la façon des aimants. Leur magnétisme m'entraîne parfois à proposer des mots que je ne connais pas, mais que j'ai dû croiser, sinon comment me seraient-ils venus à l'esprit ? Par transmission de pensée ? Mon vocabulaire est plutôt étendu, grâce à mes parents, à tous ces textes que j'ai entendus chaque semaine à l'atelier théâtre, à tous ces livres que Georgia m'a encouragée à lire et à tous ceux que j'ai recopiés pour m'entraîner à écrire, mais les termes qui se présentent à moi lorsque je joue au Scrabble dépassent l'entendement. Je ne sais même pas comment on les prononce, et il me semble impossible de les avoir déjà vus quelque part tant leur emploi est rare ou spécialisé. Pourtant ils sont là, dans le dictionnaire, orthographiés comme je les ai orthographiés. Ma grand-mère me soupçonne de tricher, ce n'est pas possible autrement, dit-elle, mais non Georgia, je te le jure, je n'ai pas mon téléphone sur les genoux. Et je n'ai pas non plus appris *Le Petit Robert* par cœur.

Agnès Darcq saurait-elle expliquer ce phénomène ? L'apparition quasi magique des solutions ? Grâce à cette technique, inutile de le préciser, je suis imbattable au Scrabble, sauf quand je laisse gagner ma grand-mère.

*

Je repense à l'orthophoniste, à sa façon d'obliger maman à attendre dans le couloir du centre, *en plein courant d'air.* Avait-elle une dent contre les mères en général ? Ma mère en particulier ? Parfois je me dis que son diagnostic avait été prononcé un peu rapidement. Ni dyslexique, avait-elle affirmé, ni rien, mais alors, comment expliquer ma capacité à lire les mots dans les mots ? Je dois toujours faire attention de ne pas mélanger les lettres. Je parle lentement et je mets longtemps à finir mes phrases, ce qui rend les gens impatients. Souvent, ils terminent à ma place, les gens n'aiment pas rester suspendus, ça les angoisse. C'est peut-être pour avoir le temps de finir moi-même mes phrases que je me suis attachée à l'écriture.

J'essaie de m'en sortir par une pirouette, mais il faut l'avouer, je me sens souvent décalée, et même franchement à côté de la plaque avec ma façon de voir les lettres dans l'espace. Les consonnes posées sur les radiateurs et les rebords de fenêtres, les voyelles plus petites, collées aux objets. Vase A, lampe O, moins poétique que le sonnet de Rimbaud, mais dans la même logique – celle des associations tenaces. Je me souviens de ce poème, *Voyelles,* je l'avais appris par cœur très facilement. Mon prof de français m'avait félicitée. En se permettant une petite remarque tout de même : Il ne faut pas le prendre mal, Alice, vous me promettez de ne pas le prendre mal ? Quand vous récitez à voix haute, ce n'est pas interdit de mettre le ton. Mon frère m'avait regardée d'un air compatissant. *A, noir corset velu des mouches éclatantes / Qui bombinent autour des puanteurs cruelles...* Quel ton aurait-il fallu mettre sur ce vers ?

Je n'ai jamais réussi à caser le verbe *bombiner* dans la grille du Scrabble, ni dans aucun de mes textes, voilà qui est fait. Bombine ! À l'impératif, sept lettres. Ou à la première personne du présent de l'indicatif. À moins qu'il ne s'agisse du verbe *bombiller*? J'ai un doute soudain, il faudra que je vérifie.

VIII

Quatrième semaine

J'ai décidé de ne plus parler du chat, son absence prend trop de place. Je vais me concentrer sur ce que je vois, ce que je peux toucher. Je regarde la pierre, je la prends dans ma main et c'est tout qui déboule : la côte derrière chez Georgia, la plage désertée et la saillie rocheuse qui surplombe la mer. Pendant les vacances d'hiver, j'allais souvent me promener sur le chemin des douaniers avec Mika. Une année, un morceau de falaise s'est détaché, ça a fait la une des journaux du week-end. Mon frère portait déjà sa mèche, ses jeans déchirés et le foulard que je lui avais offert. La photo de l'éboulement, prise en contre-plongée, était spectaculaire, on ne parlait que de ça et du danger pour les résidences secondaires avoisinantes, celles qui, perchées, profitaient de la meilleure vue. De cette menace qui pesait sur les maisons des riches, Georgia tirait une certaine satisfaction.

Dès que la nouvelle est arrivée jusqu'à nous, Mika a voulu aller constater les dégâts. Nous étions seuls sur les lieux, il pleuvait et c'était l'heure des courses. Un ruban de plastique rayé rouge et blanc barrait l'accès à la côte, Mika l'a enjambé sans hésiter. Il a insisté pour que je traverse à mon tour la ligne symbolique et, comme je résistais, il m'a traitée de dégonflée. Mon visage s'est fermé, mon frère a changé de technique. Il a pris son air sérieux, celui qu'il adoptait lorsqu'il m'aidait à finir mes devoirs, me jurant sur la tête de nos parents que ce n'était pas dangereux de passer le ruban. Avant le glissement de terrain, c'était imprudent, quand des dizaines de personnes tous les jours se promenaient sur la partie friable du chemin, mais maintenant que le morceau qui devait tomber s'était détaché, la plaie était saine – nous ne risquions plus rien.

— Ce n'est pas de l'amputation qu'il faut avoir peur, c'est du pourri, de la décomposition, de la gangrène.

Il parlait étrangement, comme s'il imitait sa propre voix. Son dernier argument était irréfutable selon lui : si la mairie avait jugé nécessaire de barrer totalement l'accès à la falaise, elle ne l'aurait pas fait avec une lanière en plastique dont les bouts flottaient au vent, mais avec une barrière en dur.

Ce n'était pas ce qui manquait à la mairie, les barrières en dur.

Comment faire autrement ? J'ai cédé à l'insistance de Mika, même si ses explications ne m'avaient qu'à moitié convaincue. Le corps restait prudent. Je marchais lentement, tâtant le sol du bout du pied avant d'y mettre tout mon poids. Près de l'endroit où la roche avait glissé, j'ai ralenti. Mon frère m'a saisie par l'épaule et m'a obligée à avancer jusqu'à la faille. Encore un peu, disait-il, tu ne me fais pas confiance, ma Lilou ? Tu ne fais pas confiance à ton propre frère ? Allez, encore… encore…

Je lui ai demandé de me lâcher, je l'ai supplié, il savait bien que j'avais le vertige, ce n'était pas drôle. En guise de réponse, il a déplié brusquement le bras comme s'il voulait me pousser dans le vide. Ça a duré très peu de temps, une demi-seconde, une seconde peut-être, assez pour que je puisse imaginer mon corps en contrebas, écrasé sur la plage. Je l'ai traité de salaud, le mot est sorti tout seul. Salaud, espèce de salaud.

— Enfin, a dit mon frère, tu te réveilles !

Mika m'avait aussitôt rattrapée en ramenant son bras vers lui.

Je n'ai pas ouvert la bouche sur le chemin du retour. Mon silence inquiétait Mika, ça se voyait à la façon dont il se mordait les lèvres.

— Tu m'aimes toujours un peu, dis-moi ? Oui, non ? Tu as perdu ta langue ?

Mon frère était attaché à ma reconnaissance, c'était son point faible. Il fallait toujours que je le rassure sur la place qu'il occupait dans ma vie. Si je m'éloignais de lui, il perdait pied. Je le savais, et il m'arrivait d'en jouer. Après l'épisode de la falaise, il ne comprenait pas pourquoi je préférais rester lire dans le jardin plutôt que sortir avec lui, ça le dézinguait. Plus tard, il raconterait que ce jour-là, sur le chemin des douaniers, il m'avait sauvé la vie au risque de perdre la sienne. Un peu plus et je l'entraînais dans ma chute. Ce n'était pas faux, mais ce n'était pas vrai non plus. Qui avait attiré qui ? C'était compliqué. C'est compliqué.

Ma grand-mère avait inscrit Mika à un stage de kickboxing, elle trouvait que c'était de son âge, la boxe et les copains. Mika voyait les choses d'un autre œil, il prétendait que notre grand-mère était jalouse de lui, qu'elle l'avait inscrit à ce stage pour m'avoir à elle toute seule. En l'absence de Mika, Georgia avait prévu qu'on répare ensemble son vieux scooter, mais le scooter était resté dans la remise, et mon initiation à la mécanique au point mort : mon frère s'était froissé un muscle en me tirant vers lui sur la falaise, il ne pouvait plus bouger le bras.

Mika ne m'a pas quittée jusqu'à la fin des vacances, même quand je lisais il restait près de moi. Il était gentil, attentionné. Quand nous étions seuls, il ne niait pas avoir fait semblant de me pousser dans le vide, mais il l'expliquait à son avantage, prétendant que ma prudence était dangereuse. Cette façon de marcher en tâtant le terrain me mettait en déséquilibre. C'était ça qu'il voulait démontrer par son geste. Je crois qu'il avait eu très peur pour nous deux.

À la rentrée des classes, Mika avait toujours cette histoire en tête.

— Un peu plus et son pied glissait, racontait-il à qui voulait l'entendre, heureusement je l'ai rattrapée à temps, sinon…

Il faisait le pitre, il était drôle. Il avait besoin qu'on sache que sans lui je serais morte. Il ponctuait son récit d'onomatopées évocatrices. Georgia n'aimait pas l'entendre parler ainsi, ça la mettait en colère, mais notre mère protégeait Mika. S'il jouait parfois avec mes peurs, c'était à cause de son humour, expliquait-elle, ou grâce à son humour. Ou encore, comme mon frère le prétendait, pour que je m'endurcisse et devienne une personne solide, capable de résister aux agressions. Si je comprenais l'analyse maternelle (tout pour elle pouvait être transformé en sketch), le raisonnement de Mika m'intriguait. On ne coupe pas la peau de quelqu'un qu'on aime pour qu'elle soit plus solide, on ne la brûle pas, au contraire, on l'assouplit, on la nourrit.

Dans le train du retour, j'ai trouvé le courage de lui dire ce que je pensais. Il m'a écoutée attentivement. Le temps d'un voyage, il est redevenu le petit frère câlin, celui qui se niche contre moi quand il fait trop froid dans la chambre. Il a simplement objecté d'une voix douce que mon exemple ne tenait pas debout. La peau se tannait au contact du vent, elle s'épaississait pour se protéger des rayons du soleil ou du frottement des outils.

— Ce n'est pas en lui passant de la pommade, excuse l'expression, qu'on aide quelqu'un à grandir. Ni en le caressant dans le sens du poil. Je suis bien obligé de te bousculer un peu, c'est toi qui m'y obliges. Ton attitude. Et en ce qui concerne tes peurs en général, et ta peur du vide en particulier, je vais te faire une réponse de vieux con. Tu es prête ?

— Je suis prête.

— Un jour, tu repenseras à la falaise, et tu me remercieras. Et tu peux même me remercier tout de suite, si ça te vient.

*

Salaud, espèce de salaud... Je n'arrive pas à me débarrasser de ces jurons prononcés sur la falaise. Ils sont toujours entre ma gorge et mes oreilles, coincés dans un étui, avec les cris stridents poussés par Mika dans le train.

*

Ma grand-mère, je veux parler plus longuement de ma grand-mère, Georgia Allyson Mary Anderson, née dans la banlieue de Chicago et trimballée par ses parents de pays en pays, avant d'atterrir en France où elle s'était formée au métier de traductrice, mais là encore, chaque chose en son temps. Une de ses phrases fétiches, *timing is everything*. Pourquoi me raconte-t-elle aujourd'hui que sans raison apparente, quelques mois avant sa mort, Mika lui avait offert un service à café ? Nous sommes en train de parler du fleuve et de ses odeurs quand la conversation bifurque.

— Ton frère a prétendu que c'était un cadeau de Noël, dit ma grand-mère, mais nous étions en novembre, c'était un peu tôt ou beaucoup trop tard.

Georgia me demande comment je me sens quai Malo, si je tiens le coup. Je la rassure, alors elle se remet à parler du cadeau de Mika, un service luxueux en porcelaine de Limoges, avec la cafetière, le petit pot pour le lait, les soucoupes et tout le bazar, comme si ces mots lui encombraient la bouche et qu'il lui fallait les répéter pour s'en débarrasser tout à fait : Tu imagines ma chérie, je n'aurais même pas su où le ranger, ça prend une place de dingue sur les étagères.

— Je ne vois pas pourquoi on appelle ça un service, poursuit-elle en baissant la voix, comme si Mika pouvait entendre notre conversation, parce que entre nous, ça ne sert à rien. *Totally useless.* Et hop ! Je n'ai pas réfléchi longtemps, je m'en suis débarrassée. Aujourd'hui, je regrette un peu.

— Tu l'as jeté ?

— Non, quand même, je n'aurais pas fait ça à ton frère.

— Tu l'as vendu alors...

— Je l'ai échangé sur Do-Do.

Je ne connais pas Do-Do, Georgia se moque gentiment de moi.

— Dans quel monde tu vis, ma chérie ? C'est une application pour troquer tes cadeaux neufs contre d'autres cadeaux neufs. Do-Do, Donné-Donnant.

La voix de ma grand-mère s'éteint, remplacée par un bruit de bulles. Depuis que son médecin lui a conseillé d'arrêter la cigarette électronique, Georgia s'est mise à la chicha, c'est son voisin de palier qui l'a initiée. Elle aimerait arrêter complètement de fumer, mais elle n'y arrive pas. Avec la chicha, au moins, elle ne fume ni en marchant ni en conduisant. Elle a essayé les patchs, les chewing-gums, l'acuponcture, l'hypnose, quoi encore ? La volonté, dit-elle pompeusement, mère de toutes les techniques.

Georgia tire une longue bouffée, j'imagine l'odeur sucrée du tabac. Je me concentre pour deviner le parfum. La lettre M vient se poser près de Vanessa, en équilibre sur la console. Myrtille ? Mûre ? Moka ?

— Georgia ?

— Oui ma chérie...

— Il est à quoi ton tabac ?

— C'est du Lady Killer, tu connais ? Parfumé à la

mangue, et encore d'autres choses, je n'arrive pas à lire l'étiquette, c'est écrit trop petit.

Je remercie ma grand-mère de m'avoir rassurée sur l'état de mes intuitions. À force de vivre seule, il m'arrive de dérailler. Je sens mes lèvres qui bougent par exemple, je parle tout haut, ça m'échappe. Pas seulement quand je travaille, ce qui pourrait se comprendre, mais aussi quand je marche sur les quais ou que je vais faire les courses. Il m'est arrivé (deux fois seulement depuis mon arrivée chez Gabriel, mais de façon distincte) d'entendre mon frère m'adresser la parole dans la rue. Chaque fois, je me suis retournée, comme le jour du mille-feuille : il n'y avait personne derrière moi. Cette voix que j'avais entendue, cette voix qui m'a tirée de ma rêverie, cette voix était ma propre voix. Ce qui m'inquiète le plus, finalement, c'est que je sens toujours le même besoin de me retourner pour vérifier qu'il n'y a personne.

— Georgia, tu es là ?

— Bien sûr ma chérie, je suis là, où veux-tu que je sois ? Tu es bizarre aujourd'hui… Dis-moi, ça va ton travail ? Tu ne m'en parles jamais. Tu n'as pas démissionné au moins ?

— Non, ne t'inquiète pas, ça va, c'est tranquille en ce moment. J'arrive à tout boucler le matin, et dans dix jours, je serai en vacances.

— Et tes écritures, ça avance ?

Je crois que je rougis. Georgia a mis des mots sur ce qui se passe depuis quelques jours. J'avance. Ça avance. Georgia me félicite, elle est fière d'avoir insisté pour que je change d'air.

— Le coup de la chambre chez les autres, avoue-t-elle, c'était totalement improvisé. Une intuition…

— Ça sonnait bien.

— Ça sonne toujours bien, tu pourrais même en faire le titre de ton récit. Après *Une chambre à soi, Une chambre chez les autres*, ça en jette, non ? Enfin évidemment, il faut que ça colle avec ce que tu racontes…

Je lui parle de ce que j'ai écrit à propos de la pierre, qui ne correspond pas à sa proposition de chambre chez les autres, mais qui se construit sous mes yeux, et que j'accueille faute de mieux.

— Pourquoi tu dis « faute de mieux » ? Ce n'est pas très gentil pour toi.

Ma grand-mère a raison, de quelle faute s'agit-il ? Je note la question. Elle me fait penser à cette idée qui flotte autour de mon enfance, cette impression que je ne serais rien sans mon frère, que je lui suis redevable. Sans transition, Georgia me parle des romans qu'elle vient d'emprunter à la bibliothèque. Puis me demande si un jour (pas d'urgence, hein, tu m'entends, il n'est pas question de me presser) elle aura et l'honneur et la joie de me lire.

Elle en rajoute, prend des précautions oratoires, ne veut pas me brusquer et ponctue ses phrases de petits sifflements qui se mêlent aux gargouillis de la chicha. J'adore ma grand-mère, elle est la seule de la famille à qui je peux vraiment parler. Et pourquoi ne pas lui donner mes pages à relire, si ça lui fait tellement plaisir ? Je sais que, d'un mot, elle pourrait tout détruire, mais je sais aussi qu'elle ne le fera pas.

Le soir même après le dîner, je lui envoie ce que j'ai écrit. Georgia me rappelle le lendemain matin. D'un mot, elle détruit tout.

Et après avoir tout détruit, elle ramasse les morceaux et se met à tout reconstruire.

Georgia fait une fixette sur le chat. Selon elle, son absence n'a ni queue ni tête.

— Je ne dis pas ça pour plaisanter, insiste-t-elle, je le pense vraiment. Tu en parles au début, tu en parles au milieu, et puis soudain tu décides de ne plus en parler parce que, je te cite, *son absence prend trop de place.* Tu ne trouves pas ça un peu léger ? Il faut absolument qu'il soit rentré avant le rendez-vous chez le vétérinaire. Par exemple Virgile (à mon avis, glisse-t-elle au passage, Platon sonnerait mieux), Platon, donc...

Je lui rappelle que Virgile est le vrai nom du chat, elle trouve ma remarque totalement déplacée, sa voix s'aiguise :

— Je sais bien qu'il s'appelle Virgile *pour de vrai,* mais la vérité, en l'occurrence, on s'en tape. Est-ce que son père l'a reconnu ? Et sa mère, on lui a demandé son avis à sa mère ? Ce chat ne s'appelle pas plus Virgile que John Lennon ou Dostoïevski, et dans ton texte, tu peux tout aussi bien le nommer Platon, tu as tous les droits dans ton texte, n'oublie jamais ça ma chérie. Si quelqu'un te dit le contraire, tu me l'envoies.

Georgia tire un grand coup sur sa chicha. J'imagine ses poumons se remplir de fumée.

— On pourrait imaginer que Platon, poursuit-elle, sort de la caverne au moment où tu ouvres la porte de l'appartement pour aller chez le vétérinaire. Et la caverne c'est quoi ? Il était planqué où, le minou ? Tu n'as pas une petite idée ?

— Non...

— Dans la machine à laver, bien sûr !

— C'est que...

— Je ne plaisante pas, tu as regardé dans le tambour ? Je raccroche et tu vas vérifier. Ou derrière la machine à laver, à cause de la chaleur, c'est un grand classique. Tu me rappelles s'il y a du nouveau. Attends, attends avant de raccrocher... J'ai une proposition à te faire. Tu crois que tu serais capable de résumer ton histoire en cinq mille signes ?

— Cinq mille signes ?

— Je pense à un concours organisé par le *New York Times*, il faut écrire en anglais, mais ça c'est un détail, je peux m'occuper de la traduction. Ils veulent des fables ou des contes sur le thème de la fratrie. Tu n'as qu'à tout transposer au passé simple, en plus court, et à la troisième personne, plus de participes passés à accorder, ça te fera des vacances. Et à propos de vacances, tu veux savoir ce qu'on gagne ? Tu ne veux pas savoir ? Je te le dis quand même. Un voyage à Rome, *all inclusive*, pour deux personnes. Je compte sur toi pour m'inviter. Alors, qu'est-ce que tu en dis, tu ferais ça pour ta grand-mère ? Cinq mille signes, trois pages...

*

Non, je ne ferai pas ça pour ma grand-mère, ni pour personne. Ni pour remporter le voyage sur les traces de

Romulus et Remus. Georgia et ses faux espoirs… Il faut toujours qu'elle trouve des solutions, c'est fatigant. Virgile n'est ni dans la machine à laver, ni derrière. Ni dans le panier à linge.

Je me remets à ma table après avoir fait le tour des plantes. Tout le monde a l'air de bien se porter. Vanessa en est à sa troisième mouche, ses cils ont poussé, de beaux traits recourbés qui donnent envie de les maquiller comme je maquillais mon frère, sauf que là, ils sont plantés autour de la bouche.

Un conte, cinq mille signes, espaces comprises, pourquoi pas finalement. Depuis quand n'ai-je pas utilisé le passé simple ? J'avance sans difficulté, la troisième personne est un jeu d'enfant. Je me sens libérée d'un poids que je n'ai pas conscience de porter lorsque j'écris à la première personne. Georgia a du flair, on ne peut pas lui enlever ça. Le surlendemain, je lui envoie un message avec le texte en pièce jointe. Elle peut le modifier tant qu'elle voudra, le traduire et le signer, je le lui donne. Cinq mille signes exactement, *all inclusive.*

*

ÉCRIRE AVEC LA MÊME ENCRE SUR DES PAPIERS DIFFÉRENTS

1. Il était une fois une petite fille qui n'était pas encore une sœur – on l'appellera la Princesse – et un petit frère qui le fut dès son premier cri – on l'appellera le Prince.

Au début, la Princesse était enfant unique. Avec l'arrivée du Prince s'opéra la métamorphose : elle devint l'aînée.

La Princesse et le Prince grandirent ensemble entourés de l'intelligence et de l'affection de la Reine et du Roi, et de la mère de la Reine qui répondait au nom de Queen Mother.

La Princesse et le Prince étaient inséparables. Ce que l'un voyait, l'autre le voyait aussi. Ce que l'un savait, l'autre le devinait. Et pareil avec tous les autres verbes : entendre, sentir, toucher, aimer.

L'été, Queen Mother les recevait dans son super cottage au bord de la mer. Chaque soir, pour se débarrasser de leurs impatiences, ils sautaient sur les lits en fer jusqu'à s'écrouler, les joues rougies par l'effort.

2. Queen Mother à ses heures perdues était poétesse.

Elle disait : Vacances réussies, genoux couronnés.

Elle disait : La mort s'attrape par le nez.

Elle disait, et c'est cette maxime qui, passant à la postérité, la rendrait immortelle : Être sœur et frère, c'est écrire avec la même encre sur des papiers différents.

Le papier du Prince était épais et de couleur sombre. Celui de la Princesse ? Si léger, si délicat, qu'on pouvait y voir au travers.

3. Année après année, les mailles métalliques des sommiers se relâchèrent, les lits prirent du ventre, et bientôt les matelas en vinrent à toucher le sol.

Quand Queen Mother s'en aperçut, elle fit remplacer les sommiers de fer par des sommiers à lattes et l'on installa aux frais du Trésor un trampoline royal dans le jardin.

Mais c'était moins bien.

Ou c'était trop tard.

Le Prince ne voyait pas l'intérêt de sauter à pieds joints dans une cage. La Princesse, qui lui vouait une admiration sans bornes, se rangea à son avis. Leurs jeux adoptèrent des formes plus sauvages.

4. Au début de l'histoire le petit frère était petit, et tout ce qui est petit est mignon (il y a quelques exceptions), mais il grandit très vite, beaucoup plus vite que sa grande sœur, en taille et en compétences, inversant l'ordre naturel des naissances. La Princesse était rêveuse, et même parfois franchement empotée. Le Prince faisait tout pour elle, ses devoirs, son courrier, jusqu'à ses lacets, comme ça il était sûr qu'elle n'allait pas se faire gronder. Ni grandir et redevenir l'aînée. Ces deux-là n'étaient pas camarades, comme les poètes du royaume voulaient bien le chanter, c'était autre chose qui les unissait – le lien indéfectible des fratries réussies, clamaient la Reine et le Roi, fiers d'avoir fabriqué des enfants qui se complétaient si bien. Cela promettait de belles années de prospérité.

5. Dès l'âge de seize et quinze ans, chaque dimanche matin, la Princesse et le Prince eurent droit à un croissant qu'ils devaient se partager. Le Prince, c'était de notoriété publique, adorait les viennoiseries, et les viennoiseries étaient rares à l'époque, car il fallait faire venir la farine de l'étranger. Le frère se sacrifiait pour faire plaisir à sa sœur. Chaque dimanche, il lui donnait sa part de croissant et la regardait la manger jusqu'à la dernière miette. Ce qu'il ne savait pas, et c'était là le seul secret de la Princesse : elle n'aimait pas les croissants.

Chaque samedi soir, elle avait du mal à s'endormir en pensant au petit-déjeuner du lendemain.

6. Un jour arriva ce qui devait arriver. La Princesse trouva assez de force en elle pour refuser le sacrifice du Prince. À toi de manger le croissant en entier, ordonna-t-elle, je suis l'aînée et tu es le cadet, c'est bien à mon tour de te gâter.

Le Prince s'empourpra. Ce fut le drame. Et les larmes. Et les cris dans tout le palais. Si la Princesse refusait ses cadeaux, se lamentait-il, c'est que quelqu'un avait pris sa place dans son cœur.

Comme la Princesse ne répondait pas, il s'enferma dans le donjon avec le maudit croissant fauteur de troubles. Un jour, deux jours, une semaine, un mois, une odeur de beurre rance envahit le royaume, une odeur pestilentielle à faire pâlir les géraniums. On brûla de l'encens, jasmin, patchouli, tubéreuse, mais aucun parfum ne fut assez puissant. Les habitants n'avaient plus qu'une seule main pour travailler, l'autre étant mobilisée pour se pincer le nez, ce qui ralentissait considérablement l'économie du royaume. La Reine supplia son fils de sortir du donjon, puis le Roi à son tour, puis Queen Mother qui s'y entendait en discours, rien n'y fit. Seule la Princesse aurait pu le faire changer d'avis, mais la Princesse détestait tellement l'odeur du beurre rance qu'un jour à l'aube elle avait sellé le cheval le plus rapide du royaume et s'était enfuie.

Certains disent qu'ils ont galopé tant et tant qu'ils sont arrivés à l'autre bout du monde, elle et son cheval. Il paraît qu'ils y mènent une existence saine et revigorante. Aux dernières nouvelles, la Princesse n'est pas mariée, n'a pas d'enfants, et n'a aucun projet en ce sens.

*

Contre toute attente, Georgia est ra-vie. Je pensais qu'elle allait tiquer sur l'histoire du croissant, mais non. Elle accepte d'envoyer le texte comme si c'était le sien. Elle va le traduire en anglais et faire quelques corrections, mais globalement elle s'y retrouve. Et elle m'y retrouve aussi. Ça l'a beaucoup touchée, cette fin avec le cheval. Et puis cette façon de mettre la sœur avant le frère, la Reine avant le Roi lui semble très pertinente, ça va beaucoup plaire au *New York Times* selon elle.

— C'est vrai, ma chérie, tu as parfaitement raison. Pourquoi est-ce qu'on dit toujours frère et sœur, *brother and sister*, et pas le contraire ? Parce que ça sonne mieux ? Mais non, ça ne sonne pas mieux, évidemment que ça ne sonne pas mieux, c'est quoi cette histoire de sonnailles ? Pour en revenir à ton travail, je crois que tu as ouvert une piste…

Georgia hésite. Elle n'a pas envie de me donner des conseils inutiles. Je l'entends déplier une feuille, le conte sans doute qu'elle a imprimé.

— Tu as utilisé le mot « secret » en parlant des croissants. J'ai repensé à la boîte en origami. Est-ce que tu vas la récupérer un jour ?

— Je ne crois pas, non. Pourquoi tu me demandes ça ?

— Tu as le droit de la laisser chez tes parents, bien sûr. Tu iras la chercher si tu changes d'avis, mais en attendant, tu pourrais la récupérer dans ton livre. Il y a quelque chose d'intéressant à construire autour de cet objet. Premier secret, deuxième secret, troisième secret, comme autant d'épreuves à traverser…

Je ne m'attendais pas à ça. Je note, au cas où. La litanie des secrets, pourquoi pas.

— Au passage, reprend Georgia, je n'ai pas compris ce qui est arrivé entre la Princesse et le Prince le jour où la grand-mère…

— Queen Mother…

— Le jour où Queen Mother a installé le trampoline. Ce n'est pas clair, on dirait qu'il manque un passage. Tu as l'art d'éveiller les soupçons dans la tête du lecteur, je ne sais pas si tu le fais exprès, si tes ellipses sont calculées, ou si c'est inconscient… Pourquoi ne pas raconter plus simplement les choses ? De façon plus linéaire ?

Premier revers, c'était bien parti pourtant. Faut-il vraiment que je me justifie ? Si je ne raconte pas plus simplement les choses, c'est que *les choses* ne sont pas simples. Ni linéaires. Si elles étaient simples et linéaires, quel besoin aurais-je de les raconter ? Ma grand-mère le sait très bien, je crois qu'elle dit ça pour me provoquer. Je lui demande si elle se rappelle cette parole de l'Évangile que Mika avait accrochée en haut du sapin un soir de Noël. Georgia prend sa voix de grand chef sioux, celle qui va avec les tresses :

— Évidemment je m'en souviens, qu'est-ce que tu crois, que je gagate ? *Bienheureux ceux qui pleurent car ils seront consolés.* Ton frère avait remplacé toutes les boules par des paquets de mouchoirs en papier. Ta mère avait adoré.

Georgia lâche un instant le combiné, j'ai l'impression qu'elle est en train de se rouler une cigarette.

— Si tu m'appelles pour me parler de Noël, commente-t-elle...

— Mais Georgia, c'est toi qui m'as appelée !

Pourquoi est-elle agressive ? Comme je reste silencieuse, elle se lance dans une explication alambiquée. Pour elle, en résumé, elle ne me l'a pas dit plus tôt mais il faut bien un jour qu'elle me l'avoue : l'arrivée de mes larmes est une excellente nouvelle, et le signe manifeste de mon rétablissement, il faut que j'en tire les conséquences. D'ailleurs, ça lui vient à l'esprit en parlant, je pourrais aussi bien les utiliser pour structurer mon récit, si l'idée de m'appuyer sur une succession de secrets ne m'inspire pas. Imaginer une mécanique des larmes, comme les Anciens ont élaboré une mécanique des fluides.

Puis elle ajoute que cette eau qui sort de mon corps est la preuve d'une renaissance. Ma renaissance.

Et enfin, elle lâche tout. Elle dit que ça ne date pas d'hier. Depuis que je m'étais brouillée avec mon frère, je n'étais plus la même. Je l'effrayais avec mon courage et ma résignation.

Ma résignation ? De quoi veut-elle parler ? Georgia, je t'adore, mais tu m'emmerdes. Tu ne pourrais pas me laisser tranquille dans mon coin ? C'est de liberté que j'ai besoin aujourd'hui, pas d'une mécanique.

J'entends le bruit d'un briquet.

— Tu as recommencé à fumer ?

La voix de Georgia se fait suppliante.

— Une petite, avoue-t-elle, après le café.

— Georgia...

Elle aspire la fumée, puis la recrache. Il n'y a rien à ajouter. Je sais bien ce qu'elle ressent.

*

Quand je n'arrive pas à m'endormir, je cherche des aphorismes pour la collection de Georgia. Je note dans le noir : *Virgile est au roman ce que l'opercule est au bigorneau.* Je pourrais toujours lui offrir cette phrase pour son anniversaire, moins encombrant qu'un service en porcelaine de Limoges. Je m'endors sur la vision de Mika, assis au premier plan dans le cabinet de la psychologue.

Il a les jambes croisées, derrière lui les rideaux bougent, laissant passer des rais de lumière.

Au matin j'essaie de me convaincre. Écrire le livre des larmes, ce n'est pas une mauvaise idée. Il y a de la matière. De la matière fluide, facilement déformable et difficilement compressible, mais de la matière quand même. Et puis il faut bien les utiliser ces larmes, comme dit Georgia, maintenant qu'elles sont là. J'établis rapidement une liste de scènes. Décors, actes, causes et conséquences.

*

J'ai six, onze, quinze ans. Quand je pleure, mon frère me frotte le dos. *Ça va passer, ma Lilou, ça va passer...* Lui qui maîtrisait parfaitement les larmes de ses personnages perdait totalement ses moyens lorsqu'il s'agissait des miennes. Il n'était pas indifférent à mes chagrins, au contraire : ils provoquaient en lui des réactions urticantes, voilà ce qu'il raconte dans un de ses sketchs. De grandes plaques rouges sous la peau. Des plaques invisibles qui lui donnent envie de nous secouer pour que ça s'arrête et qu'on soit heureux, bordel, voilà l'injonction principale de Mika, et de toute la famille : *Soyez heureux, ou bien faites semblant.*

Maman était comme lui. Elle ne savait plus où se mettre ni comment se comporter quand je pleurais. Alors revenait ce geste, comme un tic nerveux : le tapotement de ses doigts sur le dos de mes mains, ou celui de ses ongles sur mes épaules – ou, plus tard, sur le bois de la table, quand nous ne la laisserons plus approcher, quand le contact physique avec elle deviendra insupportable, quand nous préférerons qu'elle garde ses distances. Nous le dirons un jour fermement, ou plutôt, comme d'habitude, Mika le dira pour nous deux : à partir d'un certain âge, il n'est plus question de se laisser câliner, de grimper sur ses genoux et de l'embrasser. Nous ne sommes plus des bébés.

À notre père, il n'y aura pas besoin d'expliquer quoi que ce soit. Il s'éloignera de lui-même, reportant toute son attention sur sa femme, le corps de sa femme, l'intelligence de sa femme, le plaisir de sa femme, les ongles de sa femme, les projets de sa femme, ses œuvres et ses rêves de performances, nous offrant en prime time le spectacle d'un couple nageant dans le bonheur façon œufs à la neige, dira Mika dans son dernier sketch, le plus incisif de tous, avec ma mère en guise de crème anglaise. Onctueuse maman, s'épaississant légèrement avec le temps, ce qui la rendra encore plus désirable aux yeux de son mari dont les cheveux mousseux, d'un coup, vireront au blanc.

*

Existe-t-il une trappe pour sortir de l'appartement du quai Malo ? Un conduit d'aération dont la grille est descellée ? Il faut que j'aille inspecter le mur derrière le meuble de l'entrée, Georgia a raison, cette histoire de chat ne tient pas debout. Sur ses conseils, un peu à reculons je dois l'avouer, je vais frapper chez les voisins. Tous les voisins, pas seulement ceux du rez-de-chaussée. Personne n'a vu Virgile. On m'interroge sur son aspect, au moins sa couleur, vous ne connaissez pas sa couleur ?

Je vois bien qu'on ne me prend pas au sérieux. La voisine du premier étage me conseille d'afficher une annonce sur la porte du local poubelles, et au passage me suggère d'enlever mes chaussures lorsque je marche dans le salon, et d'éviter de racler la chaise quand je la bouge, son lit étant juste en dessous de mon bureau. L'idée de l'avoir dérangée tout ce temps me gêne terriblement, il faut que je répare, que je lui apporte un bouquet de fleurs, mais quel bouquet sera assez beau pour effacer les réveils en pleine nuit, quand je vais regarder le fleuve par la fenêtre, ou que je m'assieds à mon bureau, tapant du pied pour scander une histoire qui peine à trouver son rythme ? Je me sens d'autant plus coupable que ce ne sont pas des chaussures que je porte, mais des mules avec une semelle en bois.

À ma place, mon frère se serait mis en colère, reprochant à la voisine de ne pas l'avoir prévenu plus tôt.

*

Je n'ai pas besoin de compter les jours sur le calendrier, il suffit de voir l'appartement pour comprendre que je suis là depuis un bon moment. Ma collection d'outils de travail s'est enrichie. Il y a des livres qui traînent, l'espace commence à me ressembler. La pierre me sert de presse-papiers, car il m'arrive d'ouvrir les fenêtres côté quai malgré l'interdiction de Gabriel, il faut bien aérer. Sur les murs sont affichées les notes prises depuis mon arrivée, ça commence à se chevaucher. Les mots sont des images que je regarde comme des tableaux. Près de Vanessa, le commentaire de la psychologue continue à éveiller en moi des avis mitigés : *J'ai l'impression que notre Alice n'a pas envie de savoir pourquoi elle pleure.* Je le lis à voix haute quand je suis à ma table et que je sens mes paupières tomber. Ça me sort de ma léthargie, comme une giclée de citron dans l'œil. Mon corps avachi se rétracte. Il trouve du répondant.

Sur le côté droit, plein ouest, j'ai concentré les pages colorées des souvenirs d'enfance, c'est en m'inspirant de ces notes que j'ai travaillé ces derniers jours. Je me demande si ça crée une différence de matière, ou si le fait de les lire et de les relire suffit à lisser les aspérités.

Les doigts s'affairent, colmatent, poncent, rabotent. Mais pourquoi faudrait-il lisser les aspérités ? Quelle idée saugrenue, dirait Georgia, ce n'est pas le problème, les aspérités, faire réapparaître le chat est plus important. Il serait dommage de perdre le lecteur en route.

Lecteur, lecteur, reste avec moi !

J'écris cette phrase en gros sur la partie la plus fine de ma peau, à l'intérieur du bras.

IX

Cinquième semaine

Il y a des travaux sur l'avenue principale, je décide de changer mon itinéraire de promenade et d'aller explorer le jardin botanique. Je ne sais pas pourquoi j'ai tant tardé à le faire, j'avais peur qu'il soit trop chargé, trop plein de pancartes, d'étiquettes, trop balisé et sans doute payant, mais la réalité balaie mes appréhensions. L'entrée est libre et l'accueil chaleureux. Une grande rocaille couverte de plantes grasses et de fougères ouvre la visite. Les espèces les plus fragiles sont emmaillotées dans un lacis de paille, le sol est recouvert de copeaux. On est loin des parterres à la française des villes de l'enfance, ces assemblages symétriques que ma mère nous désignait comme étant le summum de la laideur et que, par esprit de contradiction, mon frère trouvait magnifiques. Mika avait pour le clinquant une attirance singulière. Ça l'amusait de provoquer nos parents. Rien de plus efficace pour les faire réagir que de s'enthousiasmer devant une plate-bande de dahlias pompons.

L'espace du jardin est divisé en plusieurs sections représentant chacune une partie du globe. L'allée de gauche mène à l'Asie. Après un pont de bois qui enjambe un ruisseau, un banc public s'adosse à une haie de bambous. Je m'y installe et tout de suite je m'y sens bien. Ici, les cerisiers n'ont pas souffert du froid. Des pétales blancs se détachent selon un rythme étrange, volettent, se déposent et parfois repartent pour un dernier looping. Une fillette en rollers passe devant moi, une jambe à l'équerre, comme si elle glissait sur un lac gelé. Elle me fait penser à Lorette, la petite fille aux hamsters (son air complice quand elle m'a demandé pour qui je venais consulter, et que j'ai répondu : Je viens pour moi). Les cordons de sa capuche dansent autour de son visage.

Parler avec des enfants me manque. Il faudrait que j'aille plus souvent me promener dans les jardins publics. Les parents sont flattés de voir leur progéniture discuter avec d'autres mamans, même si je ne suis pas maman, mais qu'en savent-ils ?

C'est une vraie question. Est-ce qu'on pourrait s'imaginer que j'ai des enfants en me voyant, comme ça, avec mon petit corps et mon crayon derrière l'oreille ? Je n'ai pas beaucoup changé depuis mes années lycée. Même silhouette, mêmes vêtements et mêmes fossettes que mon frère creusait du bout de l'index. Autour de mon poignet, même gourmette en argent avec mon prénom gravé dessus. Elle est à ma taille maintenant, mais pendant longtemps j'ai pu l'enfiler sans ouvrir l'attache. Mes poignets ont toujours eu beaucoup de succès parmi les filles de la classe, je ne sais pas pourquoi, on aimait les poignets menus à l'époque et mon frère ne se privait pas d'en faire la retape. On disait que j'avais de la chance. On aimait aussi le vide qui se formait entre mes cuisses lorsque j'étais debout, genoux collés. L'écart était mesuré, comparé, envié. On y passait un doigt, deux doigts, trois doigts. Au retour des vacances d'été, à l'entrée en troisième, deux sons qui n'en formaient qu'un seul étaient apparus pour désigner ce type de morphologie : ce creux s'appelait un *thigh gap*, que mes camarades prononçaient *saille-gap*. Saille, du verbe saillir ? Elles n'avaient aucune idée de l'orthographe du mot, ça ne les intéressait pas, tout ce qu'elles voulaient, ce qu'elles désiraient, c'était voir s'ouvrir entre leurs cuisses une fenêtre en forme d'amande.

Cette même année, mon frère a commencé à s'intéresser aux jeux de la séduction. Il avait été assez discret jusque-là, affirmant que les filles l'ennuyaient, oui, toutes les filles sauf moi – mais je n'étais pas vraiment une fille, j'étais sa sœur. La première à attirer son attention s'appelait Maud Balenchon, une grande brune avec des mèches bleues qui était allée à Dublin pendant les vacances. Mika s'est débrouillé pour qu'elle devienne mon amie. Maud aimait bien donner des conseils, et moi j'aimais l'écouter. Je crois que j'étais un peu amoureuse et que mon frère lui tourne autour me semblait normal, et même assez stimulant en vérité. Elle connaissait un régime spécial pour faire fondre l'intérieur des jambes, régime qui marchait très bien, affirmait-elle, preuves à l'appui. Elle montrait sur son téléphone (rapporté lui aussi de Dublin, acheté au cul du camion) les photos avant/après, et donnait à qui voulait l'entendre la liste des aliments à proscrire, condiments inclus.

Histoire de conserver ma position de leader, j'ai

décidé de ne plus manger à midi. L'enjeu était de taille, ce n'était pas tous les jours que s'offrait à moi la possibilité de briller, même si briller n'a jamais été dans la liste de mes objectifs, ça ne faisait pas de mal d'être considérée, au moins une fois dans sa vie, comme une personne exceptionnelle. Je n'aurais pas dû sécher la cantine. Lorsque Mika s'en est aperçu, il a pris Maud Balenchon à part dans la cour de récréation et l'a menacée de casser son portable si elle continuait à faire l'apologie de ses régimes de merde. Alors, tout s'est accéléré : mes parents, avertis par les parents Balenchon, nous ont interdit d'inviter Maud à la maison. Maman m'a acheté des pantalons larges sous prétexte que les slims n'étaient plus du tout à la mode et a remplacé dans la voiture le répertoire de chansons françaises par des podcasts sur l'importance d'avoir une image corporelle saine et équilibrée, oui, comme la nourriture, tu comprends ce que ça veut dire, Alice, saine et équilibrée ? Elle ne supportait pas que sa fille, sa propre fille, soit tombée dans le piège des régimes amaigrissants et la dictature de l'apparence, ça la rendait chèvre. Selon elle, la mode du *thigh gap* nourrissait des fantasmes avilissants. À quoi pouvait donc servir ce trou supplémentaire dans notre anatomie, si ce n'est à créer des scénarios malsains dans la tête des adolescents ?

Mika comprenait bien ce qu'elle voulait dire quand elle parlait de trou supplémentaire. De quels fantasmes cherchait-il à se débarrasser en se fâchant avec Maud ? Depuis leur conversation musclée au fond de la cour, il l'ignorait ostensiblement. D'un jour à l'autre, il est revenu vers moi, sa grande petite sœur chérie qu'il fallait protéger de tous, même des filles. Ma mère m'a offert de jolis soutiens-gorge pour mettre en valeur ma poitrine – elle devait estimer que j'aurais avantage à remonter d'un étage ma perception de la féminité. Je n'étais pas fan de lingerie fine, mais je les portais quand même parce qu'ils me donnaient l'impression d'être quelqu'un d'autre. Des coques sur les seins en guise de masques, j'avançais dans la vie avec une nouvelle assurance. J'aimais bien quand les bretelles dépassaient, je trouvais ça chic. Mon frère m'asticotait à ce sujet, il les faisait claquer contre la peau et me complimentait au passage sur l'élégance de mes clavicules – mon frère qui pendant ce temps-là prospérait, sa courbe de croissance continuant à s'envoler dans un mouvement inversement proportionnel au mien. Son torse s'était épanoui, il faut avouer qu'il avait hérité d'une belle charpente. Georgia disait de lui qu'il était solide comme un roc, ça me revient aujourd'hui.

Un roc ou un caillou ? Les jours passent, et la pierre de Gabriel s'arrondit, grosse de toutes les histoires qui lui sont attachées, mais l'annonce scotchée sur la porte du local poubelles n'a toujours rien donné. J'ai préparé d'autres affichettes, avec des languettes prédécoupées indiquant mon numéro de téléphone, et je suis allée hier les poser chez quelques commerçants du quartier. Il faudrait mettre une photo, m'a conseillé une dame qui faisait la queue à la boulangerie, j'ai dit oui, oui, et je me suis éclipsée.

*

Après cette première promenade au jardin botanique, j'y retourne souvent pour travailler. Je passe par le kiosque à musique, contourne la serre principale puis traverse le pont japonais et retrouve le banc près de la haie de bambous, mon banc. Je sais qu'il sera libre. Pour une raison mystérieuse, ce banc est devenu, depuis que j'y ai élu domicile, le rendez-vous préféré des pigeons.

Et qui dit pigeons dit fientes de pigeons.

Ce que le corps rejette, l'esprit le rejette aussi. Les fientes, pour les promeneurs, c'est rédhibitoire, mais moi je m'en moque un peu, je dirais même que je remercie les pigeons puisqu'ils me réservent l'usage de ce banc idéalement placé. J'ai trouvé un torchon de lin bleu dans le placard de Gabriel, je le plie en deux et m'assieds dessus pour ne pas salir mes vêtements. S'il y a des marques blanches sur le dossier je les pulvérise en frappant quelques coups avec le tissu, façon chambrière.

J'aime le bruit du torchon quand il claque sur le bois et l'efficacité de mon geste. C'est devenu un rituel avant de m'asseoir – mes trois coups à moi, le signal de mon entrée en scène. Les pigeons effrayés prennent leurs distances, ils se groupent un peu plus loin, près de la poubelle.

Quand je dis que je vais travailler au jardin botanique, ça signifie que je viens relire mes brouillons. Je suis bien incapable d'écrire en public. Cette pudeur particulière n'est pas seulement liée à ma difficulté de former les lettres, elle tient aussi à la nature du texte qui est en train de s'élaborer – ce tiraillement que je ressens entre ce que j'ai vécu avec mon frère et ce que je raconte engage des forces sombres qui craignent la lumière.

Un gardien inspecte la poubelle du kiosque à musique, je me demande ce qu'il cherche. Je commence à relire le passage sur le *thigh gap* quand un bruit de course me fait lever les yeux. Maud Balenchon et son régime miracle s'évanouissent, il n'y a plus que l'allée bordée de bambous qui mène au pont japonais.

L'allée, le pont, et le sourire d'un homme qui s'avance vers moi à petites foulées. Il ne bouge pas les coudes, c'est étrange, je n'ai jamais rien vu de tel. Dans sa main droite, il tient une palette et de l'autre, un pinceau. Une toile carrée, tendue sur un châssis, est attachée à ses épaules et autour de sa taille par des sangles. Le tableau est déjà bien avancé, des taches, des traits qui se croisent, des coulures. Sur le bas de la toile, pour figurer le sol peut-être, une partie est plus estompée. Il a dû étaler la peinture avec l'un des torchons qu'il porte coincés dans sa ceinture.

Ce n'est pas mon frère, même s'il ressemble un peu à mon frère – ils ont la même façon de sourire en plissant les yeux. C'est un jeune homme brun qui court en peignant. Ou le contraire. Il peint en courant. Il peint à l'aveuglette, sans baisser le regard, ça ne semble pas le gêner de ne pas voir ce qu'il fait. Son visage est droit, ouvert à ce qui l'entoure. Et parmi ce qui l'entoure pendant quelques secondes, il y a moi assise sur le banc, avec en guise de décor les cannes vertes des bambous géants.

Quand il approche, je remarque son pouce, ou plutôt la dernière phalange de son pouce qui passe dans le trou de la palette. Ça fait comme une excroissance rose chair parmi les tortillons de peinture bleue, jaune, noire, rouge, vert bouteille et terre de Sienne.

Quand il croise mon regard, le peintre trace un éclair dans le ciel avec son pinceau, c'est sa façon de me saluer. Il passe le pont japonais en réduisant son allure. Le bois grince sous ses pas. Je crois qu'il va se retourner, mais non, il ne se retourne pas. Les chiffons se soulèvent et retombent sur ses hanches au rythme de ses foulées. Il en tire un plus coloré que les autres et le laisse tomber au sol, puis s'engage dans la partie tropicale du jardin botanique.

Et les voilà qui disparaissent dans les arbres, lui et sa toile, lui et sa légère ressemblance. Il n'y a plus que moi dans le cadre, assise sur mon torchon bleu.

Le gardien s'est éloigné, la fillette en rollers passe et repasse sur le chemin en contrebas. À dix mètres en diagonale, abandonné sur le chemin, le chiffon du peintre m'attend, comme une preuve matérielle, un accessoire pour dire : Tu n'as pas rêvé. Je vais le ramasser. Je n'ai pas envie de rester plus longtemps dans le jardin botanique, pas envie qu'on me surprenne en train de déplier le chiffon et de le scruter pour voir s'il contient quelque message secret. Je marche vite, je dois me concentrer sur mon travail et, un instant, je ne sais plus du tout ce que j'étais en train de relire quand le peintre est arrivé. C'est inquiétant, rien ne vient, le vide absolu. Tout réapparaît de l'autre côté du pont japonais. Le lycée, la finesse de mes poignets, les régimes de Maud Balenchon. Ma mémoire se remet en route. Je pense au joggeur improbable, à sa façon de bouger le bassin pour compenser la rigidité de son buste. J'aimerais le revoir, le croiser par hasard dans la rue pour qu'il m'explique d'où lui vient cette pratique picturale pour le moins singulière. Au moment où je formule ce désir, je l'aperçois près de la grille du jardin. Il a posé son matériel devant la rocaille. Sa toile est par terre, encore luisante. Il me fait signe d'approcher. Sous son harnachement, il porte un gilet matelassé, et sous le gilet une chemise blanche aux manches retroussées. Il me demande ce que je pense de son tableau.

Un grand silence, je ne sais pas quoi répondre. Le peintre n'insiste pas et comme je reste plantée devant lui, ou plutôt devant sa toile, il me propose de l'accompagner pour déjeuner dans un restaurant thaï, pas loin. Il a faim. En ce qui concerne son tableau, il est de mon avis. Il n'y a rien à en penser, il faut juste le prendre tel qu'il est. J'ai eu raison de ne pas répondre à sa question.

Il m'interroge du regard, ai-je bien compris ce qu'il me disait ?

— Ma question était stupide, insiste-t-il, et il ne faut pas répondre aux questions stupides, même si elles sont posées avec conviction. Je vais mettre la toile à plat dans la camionnette pour qu'elle sèche, je suis garé à l'angle, on se retrouve au restau ?

Je m'imagine assise en face de lui, je ne pourrais rien avaler. Trop intimidée. Je lui propose de repousser l'invitation au lendemain, le temps de m'habituer à l'idée, et lui tends le chiffon qu'il a laissé tomber. Il a l'air surpris.

— Tu n'en veux pas ? C'est toujours utile, un chiffon. Celui-ci est en coton d'Égypte, il n'a que quelques taches. Il peut encore servir.

Je ne sais pas s'il plaisante ou s'il est sérieux. Je comprendrai plus tard que pour lui cette pièce de coton est plus qu'un outil : c'est une étape de travail.

Rendez-vous est pris pour le lendemain, devant le restaurant thaï.

*

En arrivant quai Malo, je me suis demandé si je devais repasser le chiffon avant de l'accrocher au mur ou le poser froissé sur la console, comme un trophée. Je ne fais ni l'un ni l'autre, ou les deux à la fois : je l'accroche, mais en gardant du mou. Les plis font partie intégrante de l'œuvre. Ce n'est qu'au moment de nous quitter que le peintre s'est présenté. Son nom est Tiago, pour Santiago. Encore un diminutif, je me suis dit, comme Mika pour Mickaël et petite sœur pour grande sœur. Mais pourquoi tout ramener à mon frère ? Il faut que j'arrête de penser à lui. Tiago, si j'ai bien compris, court un matin sur deux, pas forcément au jardin botanique, mais toujours en peignant. Il considère sa toile comme achevée au bout de trente-sept minutes. Le résultat est aléatoire. Ce n'est pas lui qui décide, mais l'alarme de son téléphone.

Jamais il ne retouche ses tableaux.

Trente-sept minutes, pas une de plus.

De retour quai Malo, je mets le chronomètre en marche. Qu'est-ce que je suis capable d'écrire en trente-sept minutes ? Quand la sonnerie résonne, je lève mon stylo : j'ai écrit cinq phrases, dont une à moitié et deux rayées.

Le lendemain matin, première chose avant d'aller dans la cuisine pour préparer mon petit-déjeuner, je vais voir le chiffon de Tiago. Un coin s'est détaché du mur. Deux taches de peinture reliées par un pli dessinent un gros chat sans oreilles.

Est-ce cette vision qui me décide à appeler Gabriel ? Je dois lui avouer que Virgile ne s'est toujours pas montré, le jeu a assez duré.

Le téléphone sonne, Gabriel ne décroche pas, mais il me rappelle quelques minutes plus tard d'un autre numéro. Il attendait un coup de fil important pour son travail, il est inquiet, un problème de fuite dans un bassin de décantation, si la conversation est interrompue il ne faudra pas lui en vouloir. Son anxiété me fait reculer, je décide d'attendre encore quelques jours avant de lui parler du chat. Pour justifier mon appel, je lui demande s'il désire que je lui réexpédie son courrier et raconte en prime, pour noyer le poisson, que j'ai trouvé un pull en faisant le ménage sous le canapé, et que j'ai pris l'initiative de le laver. Il va être content d'avoir une pensionnaire qui passe l'aspirateur sous les meubles.

Gabriel marque un temps d'arrêt.

— Tu as lavé le pull, répète-t-il avec des grumeaux dans la voix. C'est très gentil de ta part mais… il n'était pas sous le canapé par hasard, tu m'entends ? Pas par hasard du tout !

Oui, Gabriel, pas la peine de parler si fort.

— Virgile ne l'a pas cherché ? C'est son doudou, ce pull, ou plutôt c'était son doudou, maintenant qu'il est lavé… Je sais, ça peut paraître étrange, mais ce chat est un animal *particulier*. Nous sommes, comment dire, très attachés l'un à l'autre. Lui surtout, il est très attaché à moi, très sensible à mes humeurs, très protecteur. L'année dernière, je l'ai laissé chez ma mère un week-end, le dimanche matin il a réussi à s'enfuir et m'a retrouvé à quinze kilomètres de chez elle, sur une péniche. On faisait un barbecue entre amis, et qui je vois, assis sur la berge, droit comme un sphinx et me regardant fixement, comme s'il voulait me passer un savon ?

— Virgile.

— Alors le chandail imprégné de mon odeur, c'est un morceau de moi, comme un bras ou une jambe que j'aurais laissé pour lui, et le signe que je vais revenir. Mieux encore : que je suis toujours là, que je ne l'ai pas abandonné, tu comprends ?

Plus bas, comme je ne réponds pas : Tu comprends, Alice ?

Puis d'un seul coup il s'excuse, ce n'est pas si grave, il est désolé d'avoir haussé le ton. Je ne pouvais pas savoir pour le pull, il aurait dû me prévenir. Il me conseille de prendre une écharpe dans le placard de l'entrée et de la mettre en boule sous le canapé. Plus il parle, plus il est gentil, tout miel dirait Georgia. Il me demande si j'avance bien dans mes travaux d'écriture. Il a peur, sans doute, que je quitte l'appartement avant son retour. Comment ferait-il si je le lâchais ? Je n'ai pas imaginé les choses sous cet angle, mais il faut que je reconnaisse, même si ce n'est pas dans mes habitudes : il a besoin de moi plus que je n'ai besoin de lui.

Avant de raccrocher, sur la pointe des pieds, redoutant une autre bourde de ma part, Gabriel prend des nouvelles de Vanessa.

Vanessa ? Un instant, je ne sais plus du tout de qui il veut parler.

— La plante carnivore, souffle Gabriel, de plus en plus inquiet.

Je le rassure, la plante va bien, très bien même, je lui parle le soir, je lui fais la lecture, elle a l'air d'apprécier. Une nouvelle bouche est en train de pousser, oui, c'est ça, une nouvelle fleur qui grandit à vue d'œil, et une autre encore depuis ce matin, juste à côté. Si je n'arrose pas trop souvent ? Non, je tâte la terre, comme il me l'a conseillé.

— Ah oui, tâter la terre, c'est le secret ! Je vois que tu as retenu la leçon. Plutôt moins d'eau que trop d'eau.

Gabriel a retrouvé sa voix pétillante. Lorsqu'il me demande comment s'est passé le rendez-vous chez le vétérinaire, je mens. Je revois les hamsters dans leur cage, leur immobilité à l'entrée du dalmatien. Je suis ce chien aux aguets, patte levée. Je suis les hamsters et la roue des hamsters, je suis les graines dans leurs bajoues et les coques des graines qui tombent entre les barreaux.

Je suis une petite fille prise en faute, une mite au fond de l'éprouvette.

Depuis toujours, lorsque je mens, quelque chose en moi se liquéfie. Le contraire du nez de Pinocchio, disait mon frère. Je ne m'érige pas, ne m'allonge pas : je me dissous. Ma peau se fait poreuse, mes yeux transparents. On ne peut pas m'en vouloir puisque ce n'est pas seulement moi qui mens, mais le monde qui m'entoure.

Ce n'est pas clair ? Mika aurait compris, voilà la différence entre les autres, tous les autres, et lui. Je n'avais pas besoin de m'expliquer. Nous avions tellement joué ensemble, et tellement inventé de mises en scène que nous rentrions toujours sans discuter dans les propositions de l'autre.

*

Je n'ai pas assez parlé de ces jeux qui occupaient nos vacances. Ils s'articulaient autour de contraintes que l'on se donnait à tour de rôle. Par exemple : j'oblige mon frère à mettre des chaussettes sales et trouées pour aller essayer des mocassins chez un chausseur de luxe. Ou encore : chez le coiffeur, il doit demander une coupe en neuf.

— Vous ne savez pas ce qu'est une coupe en neuf ?

Mon frère renchérit. Il se lance dans des explications alambiquées, c'est étrange, tout de même, que vous ne connaissiez pas la coupe en neuf, les employés se regardent, ils vont taper le mot sur Internet, vous écrivez ça comment ? C'est le moment de filer.

Certains de nos jeux sont plus directement liés à la pratique théâtrale de Mika, ses *seul en scène*, comme les appellent les parents. On se distribue des personnages qu'il faut porter comme on porte un costume. Lady Macbeth au pressing avec sa robe tachée de sang. Richard III dans un fast-food se lamentant de l'absence de viande de cheval, ma trottinette pour un bifteck, déclame Mika, on le pousse gentiment dehors. Un jour, et ce jour marque la fin de nos jeux de rôle, mon frère improvise une scène dans une pharmacie. Mika ne m'a pas dit ce qu'il a imaginé, je dois être prête à tout. Je n'aime pas quand il garde les règles secrètes, mais il est déjà près du comptoir et insiste pour que j'entre à mon tour, je suis piégée. Il prend le pharmacien à part et lui demande une pommade contre les brûlures intimes.

— C'est pour ma sœur, précise-t-il en me désignant du menton. Elle a utilisé un gel capillaire en croyant que c'était du lubrifiant.

Je ne fais pas mon âge, et même si je l'avais fait, à treize ans, être chaperonnée par son frère pour ce genre de problème, c'est inquiétant. Le pharmacien s'approche de moi, il fait mine de trouver ça normal, il ne veut pas que je parte en courant. Est-ce que je connais la marque du gel que j'ai utilisé ? Il aimerait vérifier la composition avant de me conseiller. Puis il me demande, en parlant très bas, mais très distinctement, si je me suis protégée.

— Protégée ?

Mon frère vient à mon secours. Pas besoin de préservatifs, assure-t-il, et il fait comprendre au pharmacien que la nature du rapport n'entraîne pas de risque de grossesse.

Le pharmacien serre les dents.

— On ne se protège pas seulement des grossesses, il y a le VIH aussi, vous avez bien entendu parler du VIH ?

On se regarde, mon frère et moi, comme si on débarquait de la lune. Le pharmacien me demande si je peux parler de tout ça à ma mère, j'ouvre de grands yeux et c'est à nouveau Mika qui répond :

— Maman ? Elle la tuerait si elle apprenait ce qu'elle a fait.

L'homme me prie d'attendre un instant. Il va téléphoner pour nous, ou plutôt pour moi, au service gynécologie de l'hôpital. Après quelques minutes, il revient avec une bonne nouvelle. Je n'ai qu'à me présenter, on me recevra en priorité. Il faudra demander le docteur Snoes, il est au courant.

Mon frère a l'air inquiet. Et là-bas, insiste-t-il, il y aura des crèmes apaisantes ? Je le tire par la manche, je ne veux plus jouer. Cette fois, mon frère a dépassé les bornes. Je sors en premier, il me rattrape. Il s'excuse – toujours il s'excusait quand il comprenait qu'il était allé trop loin. Et je devais lui promettre de le pardonner. Je ne sais pas d'où il tenait cette haute idée du pardon, de Georgia peut-être pour qui les mots étaient capables de tout guérir. Tout réparer.

Le coup du gel capillaire, quand même. Je repense au visage inquiet du pharmacien. J'ai honte d'avoir dérangé ce docteur Snoes qui voulait bien me recevoir en urgence, il a dû se faire du souci pour moi. J'aimerais pouvoir lui dire que ce n'était rien. Même si ce n'était pas rien.

*

Après le coup de fil de Gabriel, je m'occupe du nouveau doudou. Je trouve une écharpe beige dans son placard. Il n'a pas parlé de la pierre, je n'ai pas osé lui demander ce qu'elle faisait sous le canapé, ça me semble être une question trop personnelle. Je renifle longuement l'écharpe avant de la rouler en boule – comment définir son odeur ? Laine, cannelle, levure de bière… Seul Virgile saura s'y retrouver. En fourrant mon nez dans l'écharpe de Gabriel, j'ai l'impression de sentir sa peau. Mes lèvres remontent le long de son cou, je l'embrasse, nous nous embrassons, mes mains caressent son ventre et soudain son corps change de densité. Ce n'est plus Gabriel, mais le grand Tiago que je tiens dans mes bras. Je lui arrive aux épaules, à peine. Sa chemise est ouverte, je l'ai déboutonnée et j'ai déroulé ses manches. Tout flotte, les pans de la chemise, ses manches et moi. Je revois la psychologue devant sa fenêtre, elle écarte les rideaux. Peut-être devrais-je essayer de la retrouver.

La retrouver, mais pour lui dire quoi ?

X

Sixième semaine

En classe de quatrième mon pubis se couvre de petits poils frisés d'une couleur plus sombre que mes cheveux. Quand ma mère les remarque, elle prend rendez-vous pour moi chez le médecin de famille, sous prétexte de vérifier ma posture (elle trouve que je marche en canard). Le médecin me demande d'avancer, de reculer, de me pencher pour mesurer la souplesse de mon rachis. Ma mère est assise dans un coin, en retrait. À l'envers, je regarde ses jambes, ses mollets fins, parfaitement épilés. Un petit mouvement d'impatience les fait trembler, ma mère retient quelque chose, je sens qu'elle veut intervenir. Au fait ! lance-t-elle enfin, comme si c'était ça qui m'empêchait de garder mes chaussures parallèles, ça qui m'obligeait à les écarter, par peur de me prendre les pieds dedans sans doute, au fait… mais sa voix se suspend, elle se racle la gorge.

— Au fait, reprend-elle, Alice a des poils sur le pubis.

Les doigts du médecin s'immobilisent entre deux vertèbres.

— Qu'est-ce que vous voulez qu'on fasse, répond-il, qu'on les lui coupe ?

Ma mère émet un grognement nasal, je suis gênée pour elle. Le médecin revient à ses observations comme si rien ne s'était passé. Il me demande de me relever lentement. Je déplie ma colonne en six temps, comme à la gym. Je compte tout bas, je m'accroche. Dans le miroir qui me fait face, mes joues sont très rouges. Le médecin va s'asseoir derrière son bureau, je peux me rhabiller. Je mets un temps infini à trouver la bonne manche, le bon bouton, la bonne chaussure. Ma mère m'observe du coin de l'œil. Plus elle me regarde, plus je perds mes moyens. Ma maladresse est à la mesure de son attention.

Encore aujourd'hui, je me demande comment elle a pu parler de ma pilosité alors que j'étais en petite culotte, pliée en deux devant le médecin. Après la consultation, nous étions rentrées directement à la maison, ma mère et moi, sans nous adresser la parole. Je m'étais enfermée dans ma chambre. Juste un coup de fatigue, avait dit mon frère envoyé en mission par mes parents pour prendre de mes nouvelles au moment de passer à table. Elle n'a pas faim.

Juste un coup de fatigue, oui, je n'avais pas de fièvre, je n'avais mal nulle part, les dommages étaient plus profonds. Ça ne s'est pas remarqué tout de suite, plusieurs mois ont passé sans que personne ne mette des mots sur ce qui m'arrivait. Quand on a ressorti les affaires d'hiver, et que j'ai réussi à enfiler sans aucune gêne tous les habits de l'année précédente, chaussures incluses, j'ai compris : depuis le rendez-vous chez le médecin, je n'avais pas grandi. J'en ai parlé à mon frère. Il m'a demandé de me tenir bien droite, le dos appuyé contre le mur de l'entrée, et a placé un livre sur le haut de mon crâne en guise de toise. Le trait de crayon a confirmé mes intuitions. Il était à peine au-dessus du précédent.

Le dire à nos parents aurait été prétexte à de multiples complications. Depuis Maud Balenchon et ses régimes, ils étaient particulièrement attentifs à ce qu'ils appelaient mes *comportements alimentaires*, et l'arrêt de ma croissance les aurait inquiétés.

— On garde ça pour nous, avait dit Mika en agitant le papier sur lequel il avait noté ma taille et la date du jour, sinon ils vont en faire tout un plat.

Mon frère ne m'a pas lâchée. Il a surveillé ma croissance chaque trimestre, toujours le même rituel du livre, du mur et du crayon. J'ai gagné péniblement trois centimètres en un an, pendant que lui en prenait sept. Je ne lui avais pas encore raconté l'épisode chez le médecin et je m'en voulais. Est-ce que nous ne partagions pas tout, le moindre doute, le moindre souci ? Plus j'attendais, et plus ce serait difficile à dire. Un soir en rentrant du sport, j'ai avoué à Mika que j'avais gardé quelque chose pour moi, quelque chose que je voulais lui raconter. Il m'a écoutée sans m'interrompre. Ne s'est pas moqué de moi. Selon lui, il n'y avait aucun souci à se faire. On n'avait jamais vu quelqu'un arrêter sa croissance à cause d'une phrase déplacée, il s'agissait d'une simple coïncidence.

Cette analyse prononcée d'une voix si ferme a marqué la fin de l'humiliation. Concours de circonstances ? Le mois suivant, j'ai eu mes premières règles. Je ne l'ai pas dit tout de suite à ma mère. Je voulais rester petite, la plus petite toute ma vie, je n'avais aucune envie de changer. Au collège, j'étais assise au premier rang des photos de classe, ça me plaisait. Mika gardait toujours un œil sur moi, surtout à la cantine, il disait que c'était là que je risquais d'être embêtée. Pourtant, je n'offrais aucune prise à la provocation. Je mangeais lentement, calmement, ou plutôt je picorais. Selon lui, c'était bien pour cette raison qu'on pouvait avoir envie de me bousculer, pour égratigner mon côté lisse. Mon frère savait de quoi il parlait, et s'il me protégeait contre la méchanceté des autres, c'était par esprit de famille. Il voulait être le seul à m'infliger ces petites tortures censées me faire grandir. Le seul à manier l'aiguillon.

*

Le déjeuner avec Tiago se déroule mieux que prévu, dès le début. J'arrive à manger sans problème, la parole est fluide, on pourrait dire : amicale. Comme il me demande quel genre de chose j'écris, je sors mon cahier de mon sac et, à voix basse pour que personne d'autre n'entende, je lui lis la scène chez le médecin. Il est vrai que j'ai bu un peu, et que je bois rarement. L'ambiance est aux confidences.

Tiago aime beaucoup mon style, c'est ce qu'il dit pudiquement. Il est intrigué par ce mot que j'ai prononcé à propos de mon frère à la fin de mon récit, le mot *aiguillon*. Ça lui rappelle la quenouille de *La Belle au bois dormant*, il rit, et quand il rit, il ne ressemble plus du tout à Mika. Ses lèvres sont beaucoup plus fines et ses dents, un peu abîmées.

Sa réflexion sur l'aiguillon me trouble, je suis fatiguée soudain, je me dis qu'une bouche comme ça, je ne pourrais pas l'embrasser, n'importe quel prétexte pour partir, m'échapper, et pourtant tout me plaît chez cet homme. Tout le reste. Ses grandes mains, son originalité, son audace. Sa façon de peindre en courant. Je me sens ridicule d'avoir fantasmé sur Gabriel Tournon, sur son corps dans le peignoir blanc, sur la vie confortable qu'il menait dans l'appartement et sur les hôtels de luxe où il m'aurait invitée.

Tiago ajoute du piment à son plat, ses yeux brillent, il les essuie avec le coin de sa serviette. Il a encore de la peinture sous les ongles. Entre deux bouchées, je lui pose des questions sur son travail, je n'ai plus envie de parler de moi. Ça l'étonne que je m'intéresse à sa démarche. Le plus souvent, on le prend pour un original et ça s'arrête là. Pourtant, il a suivi un parcours tout ce qu'il y a de plus classique. Aux Beaux-Arts, ses professeurs le considéraient comme un élève doué. Depuis l'enfance, il avait cette ambition : peindre la nature d'après nature. Il avait commencé par le verger de ses grands-parents. Malheureusement, malgré des années et des années de travail, l'énergie qui se dégageait de ses tableaux ne correspondait pas à celle qu'il ressentait. Les arbres restaient trop sages, leur représentation trop léchée. Il peignait trop bien sans doute, de façon trop appliquée. Un rêve étrange l'avait conduit à s'y prendre autrement, et depuis une année maintenant, il expérimentait de nouvelles techniques.

Son rêve, je veux qu'il me raconte son rêve ?

Ça se passe dans une forêt. Il est debout au centre d'une clairière et la toile danse autour de lui. Elle se frotte à son pinceau ou directement à la palette quand le pinceau n'est pas chargé. Confidence pour confidence, cette image, me dit Tiago, porte quelque chose de très sensuel. Il se réveille ému, physiquement ému, avec une conviction nouvelle : ce n'est pas la peinture elle-même, mais l'habitude de peindre sur une toile immobile qui est à remettre en question. Qu'il soit déroulé au centre d'une clairière, accroché à un mur ou posé sur le sol de l'atelier, le support demeurait jusqu'alors figé, sous la domination du peintre tout-puissant. Pourquoi n'y a-t-il pas pensé plus tôt ? Après le rêve, il a compris qu'il fallait réveiller la toile, partir en expédition avec elle. Après quelques tâtonnements (dont la construction d'un chevalet roulant téléguidé qui s'était écrasé contre un platane), Tiago avait adopté la solution la plus simple : se transformer lui-même en chevalet.

Il avait d'abord marché en peignant. Puis il s'était mis à courir, pour casser les automatismes. Le paysage passait directement de ses yeux à ses mains, puis de ses mains au tableau. Pour peindre ce qu'il voyait, il n'avait pas besoin de voir ce qu'il peignait. En faisant corps avec la toile, il se libérait du résultat, c'est ainsi que le *jogging-crabouillage* était né.

— Le quoi ?

— Le *jogging-crabouillage*, répète Tiago, de l'anglais *to jog*, secouer, ou courir à petites foulées, et de crabouillage, du verbe… crabouiller.

Depuis qu'il a commencé, Tiago a vendu cinq tableaux et perdu deux kilos. Ses voisins le saluent quand il part le matin avec son barda, sa constance les intrigue.

Si ça se trouve, se dit-on, il deviendra célèbre.

Pour Tiago qui décidément est intarissable lorsqu'il s'agit de sa pratique, c'est ça, un peintre. Pas quelqu'un qui devient célèbre, mais quelqu'un qui met en œuvre ses intuitions. Ou en œuvres, au pluriel. Ses outils ? Le temps, la chimie, ses mains, ses yeux et pourquoi pas – le défi est lancé – la course à petites foulées.

*

Je repense au tableau réalisé en traversant la partie japonaise du jardin botanique. Ni figuratif ni abstrait, ni rien de vraiment connu. Une ambiance se dégage pourtant, une évidence, comme si les couleurs étaient tombées directement des arbres. J'essaie d'imaginer ce que donnerait cette pratique appliquée à mon travail. Après l'écriture automatique des spirites et des surréalistes, le cadavre exquis et le roman poétique : le *jogging-scribouillage*. Quitter la chaise, le bureau. Poser sur la page blanche des mots qui arrivent non d'un corps immobile, mais d'un corps en mouvement. Les capter et les transférer sans les passer à la moulinette du jugement. Les offrir tels quels au regard de l'autre et demander simplement : Qu'est-ce que vous en pensez ?

Les montrer à mon petit frère et lui dire : Qu'est-ce que tu en penses ?

Tiago est curieux, nous nous retrouvons le lendemain et le surlendemain. Il aimerait bien que je lui lise la suite de ce que j'ai écrit sur mon frère. J'esquive la question en lui parlant du projet général. J'insiste sur le fait que je ne raconte pas ma vie, mais une partie de ma vie. Il est surpris que je veuille m'arrêter à l'adolescence. Selon lui, il est indispensable de pousser le récit plus loin, pour lui donner du champ, de la perspective. Même si je n'ai pas envie de me replonger dans les années lycée et le passage acrobatique du baccalauréat et de son oral de rattrapage, il lui semble important que j'évoque mes premiers pas dans la vie adulte, ce que je lui ai raconté à propos du déménagement, ce moment où nous nous étions retrouvés seuls, mon frère et moi, dans le même appartement.

Livrés à nous-mêmes. Débarrassés des autres.

De retour quai Malo, je m'attelle au récit du déménagement. Si je tourne en rond, je pense au peintre, à ses hanches qui bougent. *Jogging-crabouillage*, ou de l'alliance du sport et des arts plastiques ; je n'ai pas rencontré idée plus stimulante depuis longtemps.

*

Pour répondre aux intuitions de Tiago (cette nécessité de dégager des perspectives), j'utilise des verbes d'action conjugués au présent : trier, jeter, plier, boucler, charger, décharger – je reprends le récit le jour où Mika fête ses dix-huit ans. Le soir même, après avoir soufflé les bougies, il annonce officiellement qu'il ne sera pas comédien. Il va se tourner vers l'informatique. Ça jette un froid. Quelques mois plus tard, il me prend sous son aile : nous quittons le domicile familial. Il a trouvé du travail. Mes parents se réjouissent de me voir emménager avec mon frère, que je ne poursuive pas mes études après le bac ne les inquiète pas. Ils ont compris depuis longtemps que je n'étais pas faite pour l'école, c'est ainsi qu'ils résument les choses sans imaginer un instant que cela pourrait me blesser. Eux-mêmes ont commencé le théâtre à seize ans (dix-sept pour ma mère), ils croient à la formation sur le tas.

Le tout étant, disent-ils, de trouver son tas.

Par l'intermédiaire d'une agence immobilière, nous visitons deux logements. Notre choix se porte sur le premier, rue Falguière. Le second aurait pu convenir, tant au niveau du prix (pas cher) que de l'emplacement (loin de la maison familiale). Si le premier a remporté la mise, ce n'est que par hasard, littéralement. Le choix s'est fait en tirant à pile ou face.

C'est notre nouvelle toquade, le pile ou face, notre aide à la décision, et le nouveau slogan de Mika : le sort a toujours raison.

À tort ou à raison, ajoute-t-il pour montrer qu'il n'est pas complètement dupe.

Je suis moi-même incapable de formuler une réponse binaire, oui ou non, noir ou blanc, avec ou sans, le pile ou face me convient, je dirais même qu'il me rassure. La fille de l'agence nous trouve sympathiques, et un peu barges sans doute, dans le bon sens du terme. Elle n'en perd pas le nord pour autant, et nous demande si un membre de la famille peut se porter caution. Quand on lui annonce que nos parents sont comédiens, elle fait la grimace. Il faut qu'elle voie avec sa cheffe, ou plutôt qu'elle en réfère à sa cheffe, c'est comme ça qu'elle le formule, qu'elle le répète, si ce n'était que moi vous comprenez bien…

Mains dans les poches avec les pouces qui dépassent, debout au milieu de l'agence, Mika attend la cheffe en mâchouillant un cure-dents. Il a tout prévu, les fiches de paie, les relevés bancaires et l'autorisation de prélèvement. Il sait qu'il aura assez d'argent pour payer le loyer et les charges pendant plus d'un an, rien qu'avec les cachets de jeune comédien qu'il a économisés année après année. Il est confiant, on lui fera confiance. La directrice de l'agence descend enfin de son bureau par l'escalier intérieur, parcourt notre dossier sur l'écran. En découvrant le montant du salaire de Mika, et surtout le montant de la somme déposée sur son compte épargne, elle dit à sa collaboratrice que, finalement, les parents comédiens, on ne va pas les déranger.

— Ça a dû être sympa le mariage, ajoute-t-elle, avec tous ces artistes dans la famille.

Le mariage, quel mariage ? Je me tourne vers mon frère, il me fait signe de la boucler.

— Super mariage, confirme-t-il en levant le pouce, la grosse cavalerie, toute la scène du stand-up était invitée. Le plus beau jour de notre vie.

Mika cherche mon approbation, alors seulement je comprends. Nous portons le même nom de famille lui et moi, mais rien ne dit que nous sommes frère et sœur. La directrice de l'agence nous a pris pour un couple de jeunes mariés.

Une chose encore me revient : au moment de signer le bail, mon frère avait levé un instant les yeux. Sa main s'était suspendue, et moi j'étais suspendue à sa main. Et si Mika me laissait tomber, s'il changeait d'avis et déclarait qu'en fin de compte il préférait que le bail soit établi uniquement à son nom ? Mon frère en avait peut-être assez de me porter, il aurait été légitime qu'il s'installe seul, ou avec des amis. Un ami. Une amie. Pas sa sœur. Sa grande petite sœur rêveuse.

Et moi, ce que j'en pensais ? N'aurait-il pas été tout aussi légitime que je désire vivre seule, ou avec un ami, une amie ?

La question ne s'est pas posée. Je n'avais ni l'aplomb, ni les moyens financiers pour mener une vie séparée.

Nos parents confirment. Nos parents qui ne nous ont pas vus grandir, ça a passé si vite, mais maintenant que nous sommes tous les deux majeurs, ils s'ébrouent, se demandant comment ils ont fait pour mener à maturité ces bestioles plutôt jolies qui rêvent d'indépendance. Afin de marquer le coup, ils organisent une fête en l'honneur de notre départ, prenant l'initiative, sans nous en parler, de louer un gîte entouré d'un grand jardin. Ils ont préparé en cachette une succession de saynètes retraçant les moments emblématiques de notre quatuor. Les mites sont en bonne place, et le sketch sur le premier rendez-vous avec l'orthophoniste, interprété par ma mère cette fois, emporte un franc succès. Il faut reconnaître qu'elle est douée. Cerise sur le gâteau, mon père exhume une de mes rédactions, une histoire de loup dans la neige, ça le fait, comme dit mon frère, persuadé qu'écrire est ma vocation.

— Depuis toute petite, elle ne lit pas les livres, dit-il en me regardant, elle les dévore ! Heureusement qu'il y avait la bibliothèque de Georgia, sinon, c'est moi qu'elle aurait bouffé.

Je ne sais pas si c'est un compliment ou un reproche.

Le spectacle terminé, maman met de la musique dans

le jardin. Mon père insiste pour que j'ouvre le bal avec Mika. Je ne veux pas danser devant tout le monde avec mon frère, ça me gêne, je cherche un appui dans les yeux de Georgia, mais il est trop tard, une ronde se forme autour de nous. On tape dans ses mains, on nous encourage, on scande nos deux prénoms. Le sol est inégal, j'enlève mes chaussures et Mika se poste en face de moi, puis très lentement se déchausse à son tour. La ronde s'efface, les bruits s'atténuent.

Pieds nus, nous dansons.

Le jour où la directrice de l'agence nous a pris pour mari et femme, j'ai repensé à la fraîcheur de l'herbe, ce jour-là, quand nous dansions. Il n'y avait aucune ambiguïté entre mon frère et moi, les choses étaient claires. Nous n'avions pas besoin de nous le dire. Nous nous aimions.

Après, je ne me souviens plus de rien, sauf de cette fille perchée sur des talons que Mika a embrassée sur la bouche, plus tard dans la soirée. Je ne savais pas comment elle était arrivée là. Je n'étais pas jalouse, je ne connaissais pas la jalousie, juste la tristesse. Cette fille avait un cousin qui n'arrêtait pas de m'apporter à boire. Je me revois assise sur une chaise en plastique blanc, mon verre de punch à la main, et lui qui venait et revenait. J'observais les danseurs, je buvais à petites gorgées, j'attendais gentiment que ça se termine et l'autre faisait la navette. À un moment, au lieu de rapporter un verre, il est arrivé avec une chaise et s'est assis à côté de moi. Le cousin était gentil et drôle aussi parfois. Il aimait la lecture. Je crois que je l'ai laissé me dépuceler pour me débarrasser d'une chose encombrante. Je pourrais dire aux copines : Ça y est, je l'ai fait. On ne m'embêterait plus avec ça.

Dans le même temps, de l'autre côté de la cloison, mon frère essayait de convaincre la fille aux talons d'enlever son bustier.

Quand nous en parlerions, mon frère me promettrait qu'il n'avait aucune mauvaise intention en demandant au cousin de cette grande fille de s'occuper de moi. Il cherchait simplement à me divertir. J'étais très calme, trop calme d'après lui, et je pouvais comprendre qu'il ait eu envie de me secouer. Un secouage par procuration.

J'étais calme, mais je n'étais pas sereine. Je n'ai jamais été sereine. J'ai toujours eu l'impression d'avancer dans la vie en tirant des casseroles derrière moi, des casseroles pleines qu'il ne faut pas renverser sous peine d'être salie.

XI

Septième semaine

Pour Tiago, l'absence est un motif qui se dessine de lui-même en creux ; il est non seulement inutile mais dommageable d'en souligner les contours. Il ne faut pas confondre l'absence et le vide. Ni le vide et le manque. Ce qui manque, ou celui qui manque en ce qui me concerne, provoquerait plutôt un débordement, comme un membre fantôme, d'autant plus présent qu'il est absent.

— Le manque est du côté du besoin, insiste-t-il, ou pour le formuler de façon plus élégante, du désir, on n'est pas obligé d'en souffrir.

Je hoche la tête, je ne comprends pas tout ce qu'il dit, mais j'aime bien sa façon de parler, comme s'il réfléchissait tout haut. Il n'a pas peur du silence. Ne cherche ni à me convaincre, ni à me contredire. Je repense à cette drôle de mode qui s'était emparée de nous au lycée, celle de fantasmer sur l'espace vide entre nos cuisses quand nous réunissions les genoux. Est-ce que c'était vraiment un vide, d'après lui ? Ou alors une fenêtre ? Un jour ?

Tiago semble perplexe, se caresse le menton, n'a

jamais, dit-il, envisagé les choses sous cet angle. Il revient à son travail. À cette idée de ne pas enfermer les manques de la toile, ces endroits vierges de peinture, sous peine de les asphyxier.

— De l'air, de l'air ! lance-t-il en agitant les doigts en guise d'éventail, voilà ce qui nous sauve.

Laisser courir, laisser rêver, ne pas tout expliquer… Le soir même, je note ces réflexions sans trop bien savoir où elles me conduiront. Sur le mur du salon transformé en panneau d'affichage, j'écris également ce mot qui est apparu lorsque j'ai parlé de ces casseroles que je traîne derrière moi : le mot « sérénité » – et dans sérénité, il y a sirène et reine et résine et entier. Mais aussi tenir, sentir…

Je dois laisser reposer, tout est trop dense, trop imbriqué. Je décide de poursuivre le récit de la visite rue Falguière, histoire de reprendre contact avec le sol. La fille de l'agence immobilière portait un chignon très élaboré strié de petites tresses blanches. Cette coiffure me fascinait. J'aurais aimé avoir un crâne rond comme le sien, une nuque bien dessinée, un port de tête élégant. Pendant que j'admirais la coiffure de la fille, Mika s'occupait des questions pratiques, le bail, l'état des lieux, je lui faisais confiance pour ne rien oublier. Je me reposais sur lui, sans doute un peu trop. Non, pas un peu trop, avait corrigé Tiago quand je lui avais raconté la scène : beaucoup trop.

Les propos de Mika étaient simples et pertinents, c'est lui qui avait demandé s'il était prévu de changer la moquette avant notre entrée dans l'appartement.

Il n'avait pas dit *possible*, il avait dit *prévu*.

La jeune femme, prise de court, lui a promis d'en parler au propriétaire. Elle s'est tournée vers moi pour me demander si je pensais à une couleur en particulier. Je n'avais aucune idée, aucune préférence. Mika a proposé un gris taupe, comme ça, on aura l'impression d'habiter dans la boîte à secrets.

— Gris taupe, a noté l'assistante, très bon choix.

Puis mon frère a parlé des rideaux jaunes, qui méritaient eux aussi d'être changés. La jeune femme de l'agence était de son avis.

— On pourrait partir, a-t-elle suggéré, sur des stores vénitiens, qu'est-ce que vous en pensez ? Les stores vénitiens, c'est propre et contemporain.

Propre et contemporain, on ne pouvait pas mieux dire.

*

Quand nous avions pris possession des lieux, les rideaux jaunes pendouillaient toujours aux fenêtres. À côté de la moquette neuve, ils paraissaient encore plus crasseux.

*

Mika avait changé depuis qu'il travaillait. Il était plus anxieux, plus autoritaire. Le jour de notre emménagement rue Falguière, nous étions passés à l'agence pour signaler le problème des rideaux. L'assistante au chignon extravagant nous avait expliqué d'un air désolé qu'elle n'avait pas réussi à convaincre le propriétaire d'investir dans des stores, déjà la moquette il avait fallu batailler.

Mika a haussé le ton, ce n'était pas son affaire, on nous avait loué un deux-pièces rénové, disait-il, pas une cage à lapins, et moi je n'avais qu'une seule envie, disparaître, surtout lorsque mon frère m'avait prise à témoin en parlant de l'assistante à la troisième personne.

— Elle a bien dit que les rideaux jaune pisseux seraient remplacés par des stores vénitiens, je n'ai pas rêvé ? Dis-moi si j'ai rêvé, Alice, c'est toi la spécialiste en rêves, et comme je ne répondais pas, il a quitté les lieux en faisant tomber au passage un tas de prospectus. Je les ai ramassés en bredouillant des excuses. Mika m'attendait dehors, le voilà qui s'en prenait à moi maintenant. Pourquoi faut-il toujours, disait-il, que tu répares mes conneries ?

De retour rue Falguière, nous avions longuement parlé. Ou plutôt mon frère m'a parlé longuement. Il m'a expliqué que ça le blessait de me voir m'écraser comme je m'étais écrasée dans l'agence. Ce n'était pas à moi de ramasser les prospectus. Il avait envie que je sois forte, depuis le temps qu'il le répétait, que j'apprenne à me défendre, est-ce quelque chose que je pourrais faire un jour, me défendre ?

— Tu n'es pas une marionnette, tu comprends ça ? Tu dois te battre, sinon tu ne t'en sortiras jamais.

M'en sortir ? Mais me sortir de quoi ?

Mika n'était plus en colère, c'était autre chose, une autre tension qui l'animait. On s'en foutait des rideaux, bien sûr qu'on s'en foutait. Le jaune et le gris, c'était dynamique. Et surtout, c'était contemporain. Mieux que les stores vénitiens.

Mika m'a serrée dans ses bras. Dynamique et contemporain, ce serait notre devise tout le temps de notre installation.

Je me souviens encore qu'à la fin de la conversation mon frère s'était excusé. Il m'avait promis qu'il ne recommencerait plus, et que s'il recommençait, j'aurais le droit de le tuer.

Le tuer, mais pour punir qui ? Quelle drôle d'idée.

Comme nous étions l'un et l'autre épuisés par le déménagement, Mika avait étalé une couverture sur la moquette et nous nous étions endormis en chien de fusil, dos contre dos. Encore aujourd'hui, je sens l'odeur de transpiration qui montait de lui, un nuage beige vu d'en haut. C'est ainsi que j'arrivais à trouver le sommeil à l'époque, en sortant de mon corps. Je me décalais d'un mètre, puis de deux, puis de trois, de cinq, de dix mètres.

Le nuage, je pourrais en dessiner la forme, et nous minuscules en dessous. Quelques heures plus tard, la faim nous avait réveillés. Mika avait refusé que nous commandions des pizzas, comme mes parents le faisaient quand ils rentraient des répétitions. Ces temps-là étaient révolus. Il a ouvert le carton *Kitchen* et s'est lancé dans la confection de lasagnes avec les moyens du bord. Des lasagnes sans viande ni fromage, et finalement sans tomate non plus (je te jure, maman nous avait mis un pot de bolognaise, disait Mika en déballant d'autres cartons). Il a finalement trouvé du pesto qu'il a tartiné en alternance entre les couches de pâtes. Quand le plat est sorti du four, on avait déjà bien entamé la bouteille que nos parents nous avaient offerte en guise de cadeau d'installation. Le vin était très bon, ils ne s'étaient pas foutus de nous, un bourgogne datant des représentations de *Naphtaline* à Auxerre.

— Du gâchis, répétait Mika en faisant tourner le vin dans son verre à moutarde, du gâchis !

Et il aimait ça, nous aimions ça, cette sorte de gâchis, comme nous aimions le carnage du mille-feuille, les jours d'anniversaire, avec la crème qui dégoulinait sur le côté. Les lasagnes au bourgogne resteraient dans les annales. Nous nous étions rendormis apaisés, toujours en chien de fusil. Mika côté fenêtre et moi faisant face au mur. Au matin, la couverture était autour de moi, et lui, il était sans rien.

*

Avec Tiago, on continue à parler boulot. J'aime sa façon de m'écouter quand je lui lis des extraits de mon travail en cours. J'arrive à le faire sans pudeur excessive, ça m'étonne de moi, je le lui dis, il apprécie ma confiance, mais n'en tire aucune conclusion hâtive. Tiago est d'une franchise désarmante, tout ce qu'il formule à voix haute recouvre exactement ce qu'il pense, si une telle adéquation est possible. En cela, il est très différent de Mika. En cela, et en beaucoup d'autres domaines. Seul le sourire les relie, c'est un lien tenace, qui cimente notre relation. Le sourire, et depuis aujourd'hui un livre de Michaux que je lui ai donné, un livre qui avait appartenu à mon frère, *La vie dans les plis*, plein de cornures et de mots entourés au crayon.

Les mots que Mika avait choisis ? Coulées, stalagmites, étangs, coagulation, dégorgement.

Une phrase également était soulignée : *À qui est au lit, on n'offre pas une chaise.*

Mon frère disait que c'était sa phrase préférée du recueil. Il la citait souvent. Elle prenait, selon les humeurs et les circonstances, des significations différentes. Mika entretenait avec la position horizontale une relation particulière. Dès qu'il s'allongeait, sa voix se transformait, son timbre devenait plus grave. Il me faisait penser à ces biberons magiques que les enfants donnent à leurs poupées, avec le lait qui disparaît à mesure qu'on le penche. Couché, mon frère se vidait de son esprit caustique. Il n'avait plus besoin de se défendre, il acceptait d'être fragile, il acceptait d'hésiter, de se contredire ou d'être contredit. Il m'écoutait aussi, oui, quand nous étions allongés l'un à côté de l'autre, nous étions à égalité.

À qui est au lit, on n'offre pas une chaise… Drôle de proverbe, à creuser. Ou *à dev.*, comme je l'indique entre parenthèses quand je pense qu'il faudra revenir sur un passage, *à développer.* Tiago a voulu m'embrasser pour me remercier de lui avoir offert ce livre. Au moment où ses lèvres se sont approchées de ma joue, j'ai baissé la tête sous prétexte de ramasser quelque chose. J'ai entendu le baiser claquer dans le vide. Je m'en veux d'être si gauche avec les sentiments. Je ne sais pas qui m'a appris ça, cette maladresse, de qui je la tiens, dirait ma mère.

J'ai besoin de temps.

*

Le téléphone sonne, ce sont les parents. Nous nous réconfortons, nos voix sont bonnes. Maman me demande quand je rentre, et si je mange correctement. Elle a une très bonne nouvelle à m'annoncer, une nouvelle qui la ferait sauter de joie si la période n'était pas aussi sombre. Une galerie de Bâle lui a proposé une exposition personnelle, avec performance à la clé le jour du vernissage. Elle a accepté, parce que Mika n'aurait pas aimé qu'elle refuse. Elle va lui dédier l'exposition. Je la félicite, elle a l'air soulagée de recevoir mon approbation.

Georgia m'appelle dans la foulée, je viens de passer une heure avec mes parents, je laisse sonner. Ma grand-mère dépose un long message. Elle ne me parle ni de mon texte en cours, ni du conte pour le *New York Times*, mais de l'exposition maternelle.

— Ta mère est dans un état, s'exclama-t-elle, on dirait un lapin dans un champ de persil !

L'image me fait rire. Quelque chose s'apaise en moi. Que maman expose, c'est une bonne nouvelle, oui, Georgia a raison, une excellente nouvelle qui nous délivre tous d'un léger sentiment de culpabilité. Tiago mis au courant va immédiatement sur le site de la galerie. L'expo est présentée comme un coup de cœur, elle remplace un autre accrochage décalé pour raisons personnelles. Une photo de ma mère accompagne l'annonce de sa performance. Elle se montre en majesté, debout sur le capot d'une épave dans son costume de *Naphtaline*, mais au lieu d'être en tissu, la robe et ses manches gigot sont constituées de papillons bleus posés sur de fines tranches de viande. Ce n'est pas forcément visible sur la photo, mais c'est précisé en toutes lettres avant le copyright.

Silicone, agneau, papillon.

Maman a l'air triste. Tiago la trouve très belle, il trouve

aussi que je lui ressemble. Il aimerait bien faire un portrait de nous deux.

*

Maman, exposée à Bâle, juste au moment où je rencontre Tiago et son *jogging-crabouillage*, Georgia aurait dit que c'est du hasard bien trempé. D'où tient-elle cette expression ? Ça l'amuse, les clichés, les tournures, comme des goûts différents à se mettre en bouche. Chaque mois (c'est son défi depuis son arrivée en France) elle apprend trois nouveaux termes d'argot qu'elle intègre comme elle peut à son vocabulaire, même s'ils ne sont plus de son âge.

— Je m'en bats les nouilles de mon âge, a-t-elle déclaré un jour d'une voix de stentor.

Elle ne dit jamais peinard ni démodé, mais cool et ringard. Elle conjugue aussi le verbe foutre, et non ficher, dans les expressions foutre les jetons, les miquettes, les chocottes, le camp et se foutre sur la gueule, surtout devant sa fille, qui ne manque pas de la reprendre d'un air excédé. Cet appétit pour le langage s'est un peu calmé ces dernières années, mais il reste présent dans ma mémoire. Chaque hiver, certaines formules me reviennent à l'esprit, comme si le froid avait ce talent de me replonger dans l'enfance. Quand on sortait, il fallait mettre son cache-nez pour ne pas dormir avec les poissons, ou attraper la mort, selon les jours. Quand on éternuait, Georgia disait Dieu te blesse. Elle ne disait pas avoir le hoquet, mais avoir le souglou. Quand on rentrait à la maison avec nos chaussures pleines de boue, il fallait les laisser sur le tapaillon. Et accrocher nos manteaux à l'équerre.

Tout ça, je peux l'écrire à propos de ma grand-mère, mais si je veux évoquer son regard sur nous, les enfants, mes souvenirs se font plus hésitants. Je m'en aperçois quand Tiago me pose des questions à ce sujet. Il y a une scène dont je me souviens très bien et que je n'ai pas encore racontée : un soir à table, Georgia avait dénoncé notre trop grande proximité, Mika et moi. Peut-être avait-elle dit *promiscuité*. Chez nous, les chambres étaient glaciales en hiver et il n'était pas rare que nous dormions dans le même lit. Georgia avait suggéré que ce n'était peut-être pas une bonne idée de faire *à ce point* des économies de chauffage. Mon père l'accusait d'avoir l'esprit mal placé. Georgia lui avait répondu de laisser son esprit tranquille, et de s'occuper plutôt de ses enfants. Ma mère avait apporté l'armagnac et les verres tulipe pour détendre l'atmosphère. En avaient-ils reparlé dans la soirée ? Le lendemain, il faisait plus chaud dans les chambres.

*

Tiago m'a convaincue de courir avec lui, on se retrouve à neuf heures à l'entrée du jardin botanique. J'ai pris un carnet de la taille de ma paume et un stylo, on ne sait jamais, s'il me vient des idées. Le début du parcours est pénible, j'ai mal aux chevilles, je ne sais pas si je vais pouvoir tenir longtemps à ce rythme. Nous ne courons pas trop vite, comme je l'ai craint, mais au contraire très lentement, pour bien nous imprégner de ce qui nous entoure. Nous imprégner, c'est l'idée de Tiago, allons-y pour l'imprégnation. Je me fatiguerais moins si je pouvais allonger ma foulée. Je n'ai ni les bonnes chaussures, ni l'aisance du peintre pour repérer les obstacles. Je trébuche deux fois sur des racines, manque de m'étaler. Quand nous arrivons à l'entrée de la partie américaine du jardin, j'accélère dans la ligne droite, m'éloignant nettement de Tiago. Je repense à sa main s'agitant devant son visage, doigts écartés : De l'air, disait-il, de l'air ! Il m'appelle, je me retourne, et c'est à ce moment-là, au moment où ma tête balaie le paysage, que le sol commence à s'enfoncer. Je cours sur des sables mouvants. Il y a un banc sur ma gauche, je vais aller m'asseoir, c'est ce que je pense, mais avant de l'atteindre je me sens partir lentement, les bras d'abord qui se remplissent de coton, puis les épaules, et ensuite tout le corps s'entasse dans mes pieds, comme un vieux pantalon qui tombe aux chevilles.

Quand j'ouvre les yeux, deux filles en short sont penchées sur moi. Tiago est juste au-dessus d'elles, très beau, oui, je le trouve très beau, très grand, il me demande : Tu me reconnais ?

Je crois qu'il plaisante, je lui réponds que non, il a l'air inquiet, alors j'ajoute que je plaisante, que tout va bien, mais quand j'essaie de me relever, j'ai la tête qui tourne. Je me laisse rouler sur le côté, en position de sécurité, répète l'une des inconnues qui accompagne mon mouvement. On parle de moi à la troisième personne, on dit que ce n'est pas forcément grave, un malaise vagal peut-être, alors je comprends que j'ai perdu connaissance. Ce n'est pas une crise de tétanie, je n'ai pas de mal à respirer ni de contractions involontaires, au contraire, je me sens calme, trop calme. Drôle d'expression, perdre connaissance. J'aimerais la noter, mais je n'ai plus mon carnet. Je trouve la force de demander si quelqu'un l'a vu.

Tiago l'aperçoit au pied d'un érable, non loin du stylo. Je n'ai pas envie qu'il lise les quelques phrases que j'ai notées parce qu'elles parlent de lui, de la grâce de ses jambes en mouvement, et de ses fesses aussi, Tiago a de très jolies fesses, alors je me relève malgré les protestations des filles. Je suis pâle, d'après elles, mais je vais mieux, bien mieux, évidemment que je peux marcher. Nous passons à la pharmacie pour vérifier ma tension, petite, confirme la pharmacienne, mais rien d'inquiétant. Je promets de me surveiller, sans savoir exactement ce que ça signifie, et de ne plus sortir faire mon jogging le ventre vide. Tiago insiste pour me raccompagner en camionnette. Arrivé devant la grille de fer forgé, avec ses volutes et son saule tortueux, il sourit, de ce beau sourire qui me rappelle de moins en moins celui de mon frère. Il me demande s'il peut monter, il dit ça en riant. J'aime bien Tiago, mais je n'ai pas envie qu'il s'accroche. Ni qu'il s'éloigne, d'ailleurs. Je veux écrire, je dois écrire, je suis entièrement habitée par mon travail. Il n'y a pas de place pour lui quai Malo.

Il y aurait peut-être de la place pour quelqu'un d'autre que lui, quelqu'un de passage, de la place pour une histoire sans parole et sans lendemain. Mais pour Tiago, non. J'ai, comment dire, trop d'affection pour lui.

XII

Huitième semaine

Le numéro de téléphone du vétérinaire est inscrit au dos du carnet de santé. Je l'appelle à l'heure du déjeuner, c'est lui qui décroche. Je reconnais sa voix à son grain particulier. Il se souvient de moi et de Virgile. Il est de bonne humeur, un peu trop expansif même, on va enfin pouvoir le vacciner, ce chat fantôme, et quand je lui réponds qu'il ne s'est toujours pas montré, il n'a pas l'air aussi inquiet que je l'aurais imaginé. Virgile est pucé, il ne peut pas être perdu selon lui. Je prends une grande inspiration avant de lui dire que j'aimerais bien passer le voir quand même.

Un temps.

— Passer me voir ? Ah oui. Mais bien sûr, c'est une bonne idée. Passez quand vous voulez chez moi ce week-end, ce sera plus détendu qu'au cabinet. Je vous invite à dîner samedi, si vous êtes disponible, j'adore faire la cuisine.

— Je me suis mal exprimée. Je ne suis pas en train de vous…

Je doute soudain, draguer, il faudrait dire draguer, mais

c'est le fleuve qui apparaît, et le verbe me semble tout à fait déplacé.

— J'aimerais vous voir plus tôt, si possible avant le week-end. J'ai un conseil à vous demander.

— Un conseil ?

— Je ne me sens pas très bien depuis quelques jours. Je me suis évanouie en faisant du jogging, pas longtemps, je ne suis pas vraiment malade, mais comme vous m'aviez dit de ne pas hésiter à vous appeler…

Je parle un peu fort, je m'en aperçois trop tard. Le vétérinaire me suggère de m'adresser à un généraliste, il me fera faire un bilan sanguin et prendra ma tension. Un généraliste ? Je n'ai pas du tout envie d'aller voir un inconnu. Depuis la scène avec ma mère, son commentaire sur les poils, j'ai toujours du mal à prendre rendez-vous chez le médecin. Le vétérinaire poursuit son idée, il veut me donner les coordonnées d'un de ses amis. J'insiste pour le voir, lui. Il rit, mais qu'est-ce qu'ils ont tous à rire en ce moment, puis me demande :

— Demain, neuf heures, c'est assez tôt pour vous ?

Le lendemain, j'arrive dix minutes en avance. J'ai dans la bouche le goût du rocher coco que j'ai avalé en marchant. À la boulangerie, je n'ai pas réussi à acheter de croissant. Depuis que j'ai écrit le conte, l'odeur rance des viennoiseries me poursuit, alors j'ai demandé à la boulangère la première chose qui m'est venue à l'esprit. Un rocher. Plus facile à manger que le mille-feuille, dirait Mika, mais moins pratique pour planter les bougies, à cause des pentes. Mon annonce était toujours en place, intacte, aucune des languettes prédécoupées n'avait été enlevée.

Il y a déjà du monde dans la salle d'attente. Le vétérinaire me reçoit en retard, il me trouve petite mine, je ne lui ai pas menti. Pourquoi lui aurais-je menti ? Je lui raconte ma chute dans le jardin botanique, peut-être que je manque de fer ou de magnésium. Je pourrais ajouter Mika dans la liste des choses qui me manquent, mais le vétérinaire ne comprendrait pas. J'ajoute que j'ai déjà eu des crises de tétanie, quand j'étais plus jeune, je vais pour les décrire mais il m'interrompt :

— J'aimerais bien que vous m'expliquiez pourquoi vous êtes venue me consulter, moi qui soigne les animaux. Ce n'est pas un peu…

Un peu quoi ? Je ne comprends pas ce qui le gêne. Il soigne des corps, non ? Des corps, avec un cœur, un estomac, des artères, des poumons, et tout ce qu'il faut pour vivre, alors pourquoi ne pourrait-il pas me soigner, ou au moins me donner un conseil ? Je me souviens du petit air pincé de Mika quand l'hôtesse de l'air avait dit qu'elle aurait aimé avoir des gosses comme nous et qu'il avait répondu qu'on n'était pas des gosses. Je m'entends expliquer au vétérinaire que lorsque je travaille beaucoup, comme en ce moment, j'ai du mal à m'identifier aux humains. J'aimerais développer ma réponse, parler de cette impression de quitter ma peau en écrivant, de la laisser tout à fait pour me glisser dans une forme inconnue, une forme hybride, comme si les frontières entre les espèces étaient poreuses, mais de l'autre côté du mur, dans la salle d'attente, on s'impatiente. Un chien gémit, de petites plaintes aiguës qui disent que la nuit a été longue.

Le vétérinaire consulte son écran et me donne l'adresse de cet ami qui sera en mesure de m'aider plus *concrètement*. Il insiste sur concrètement, et moi j'insiste pour payer la consultation, il refuse, mais de quelle consultation parlez-vous ? Je glisse un billet dans la tirelire en forme de panda posée sur son bureau, sa caisse noire, m'explique-t-il en me remerciant, pour venir en aide aux tortues marines.

Au moment de nous quitter, je lui demande s'il a des animaux chez lui. Il soupire. Il ne peut pas s'empêcher d'adopter les chats errants, les éclopés, les oiseaux blessés, les serpents encombrants, il a même hérité d'un cochon vietnamien récupéré sur une aire d'autoroute. Il le garde provisoirement dans son arrière-cour, faute de mieux. Je ne sais pas pourquoi je lui dis que j'aime les cochons vietnamiens, en vérité je ne suis pas sûre de savoir à quoi ressemble cet animal, mais je repense à mon écriture de cochon, ça nous fait une petite connivence. Pris d'un espoir, le vétérinaire me demande si j'habite à la campagne. Non ? Dommage. Avec une fille comme moi, il aurait été heureux. En attendant, si j'ai envie de lui rendre visite, je suis la bienvenue. Sa maison se trouve juste derrière le bowling, un bâtiment en brique avec une véranda, on entre par l'impasse. Si j'entends des bruits bizarres après avoir sonné, il ne faut pas que je m'inquiète : c'est Clouni.

Georges Clouni, le cochon.

Je ne suis pas sûre d'avoir bien saisi. Le vétérinaire me propose-t-il de venir pour le voir, lui, ou pour tenir compagnie à Georges ? Et qui des deux serait heureux, avec une fille comme moi ? Je m'imagine, attablée en face de lui. Il m'a dit qu'il aimait faire la cuisine. Qu'est-ce que ça mange, un vétérinaire ? Est-ce que c'est végétarien ?

Je pense trop à Tiago, à ses jambes qui courent, à nos longues conversations pour m'intéresser à Clouni et au régime alimentaire de son sauveteur. Trop à mon frère aussi, ce qu'il dirait de tout ça, de ces hommes qui surgissent dans ma vie alors que pendant des années je n'ai rencontré personne, comme si les larmes m'avaient ouvert les yeux. Le tatoueur de la rue principale ne se contente plus de me saluer, il me parle comme si on se connaissait. En relisant les notes que j'ai prises sur lui et sur le vétérinaire, je me rends bien compte que ces deux-là pourraient occuper plus de place et dans ma vie, et dans mon récit, mais en ai-je vraiment envie ? N'est-il pas préférable de les laisser là où ils sont, comme des papiers découpés, des figures en deux dimensions ? Il me reste dix jours quai Malo, deux cent quarante heures, c'est beaucoup en soi. Et peu, à l'échelle de l'écriture.

J'y repense en me couchant ce soir-là : le chien qui pleurait dans la salle d'attente était un molosse à la truffe écrasée. Son pelage court, parfaitement lustré, appelait les caresses. Il était là pour se faire piquer.

Il est parti maintenant.

*

Je suis de mauvaise humeur ce matin, et mon travail s'en ressent. La raison ? Tiago m'a annoncé qu'il allait lui aussi devoir passer du temps à sa table pour boucler un dossier de résidence. Il faut qu'il se concentre pour rédiger sa lettre de motivation. Il ne me demande pas de l'aider, non, il me prévient simplement qu'il sera moins disponible pendant quelque temps.

Je ne commente pas.

En rentrant quai Malo, j'ai du mal à me mettre au travail. Je me suis trompée. Je devrais aller sonner à la porte du vétérinaire, sortir prendre l'air, me changer les idées. Au lieu de ça, je déploie ma stratégie habituelle de contournement : je me lance dans un grand ménage, le salon en a besoin, et moi aussi. À peine ai-je fini que le téléphone sonne ; c'est Gabriel, très en forme, qui me demande si je peux rester un peu plus longtemps chez lui, car il prévoit de prolonger son séjour dans le Karnataka.

— Pour tout te dire, j'ai rencontré *quelqu'un*…

Je suis prise de court, troublée peut-être, mon ventre se durcit, il faut répondre, vite, alors je m'entends lui dire d'un ton de reproche :

— Qu'est-ce que vous entendez par *un peu plus*, Gabriel ? J'ai moi-même des obligations…

— Des obligations ? Ce n'est pas une raison pour me vouvoyer… Qu'est-ce qu'il y a, Alice, ça ne va pas ?

Je n'ai aucune obligation impérieuse, mais si Tiago s'éloigne, je n'ai plus rien à faire ici. Gabriel a l'air embarrassé, il n'avait pas pensé que je puisse avoir une vie. Il essaie de me convaincre, deux semaines, deux petites semaines, ou même une semaine, ce serait déjà ça de pris, mais naturellement, si je dois rentrer chez moi, il se débrouillera autrement. Il prend des nouvelles des plantes, du chat, de l'appartement. Je reste évasive, oui, bien, tout va bien. Pendant que nous parlons, apparaît un message sur l'écran de mon téléphone. Tiago m'attend chez lui quand je veux. Il a bouclé son dossier plus vite que prévu, et surtout, je lui manque.

J'imagine que Gabriel n'a rien compris à mon revirement, mais qu'importe. Il me remercie mille fois, mille et une fois, il m'embrasse même dans son élan, il est tellement soulagé que je puisse rester jusqu'à son retour.

*

Je n'ai pas osé poser de questions sur ce *quelqu'un* que Gabriel a rencontré. S'agit-il d'une collègue de travail ? Mais qui me dit que c'est une femme ? J'imagine la vie en couple quai Malo, les soirées télé, les matins paresseux avec quelqu'un d'autre que moi. Je repense souvent à la maison familiale depuis que Tiago est entré dans ma vie, je ne sais pas pourquoi, elle m'occupe, elle m'envahit, comme si à force de convoquer mes souvenirs d'enfance elle s'était reconstruite en miniature à l'intérieur de mon corps. La maison et ses odeurs, ses sons, ses manières et ses habitudes. Dans la chambre des parents, il y avait un piano. Pas un piano de concert ni même un piano droit, un clavier électrique monté sur des pieds trop fins qu'il fallait caler avec des sous-bocks. Le son était correct, on pouvait brancher un casque et il n'y avait pas besoin de le faire accorder, c'était un grand avantage. Mon père jouait souvent, il déchiffrait à vue, tout et n'importe quoi. Il était doué, un pro du solfège. Au conservatoire de son quartier, à dix ans, il remportait tous les prix en dictée musicale. Ma mère tourne les pages de ses partitions – pour une fois, c'est elle qui se met à sa disposition. Ma mère, et ses ongles. Le bout de son index, rapidement mouillé, un petit coup de langue. Elle aussi aime la musique, mais la pratique de façon intuitive. Elle chante le matin dans la salle de bains. Mon père la rejoint sous la douche, leurs voix s'enlacent. Parfois, le savon glisse, ma mère le ramasse, j'entends son ventre se plier (ça fait un creux dans les arpèges). Mon père se gargarise, je reconnais le timbre de sa gorge. Ma mère lui savonne le dos : j'ai des parents qui s'aiment. Leur duo se perd dans les bruits de l'eau. Il y a une sacrée pression depuis que la chaudière a été changée, voilà qui bouleverse l'ordinaire dans le sens du mieux. Nous avons pour une fois quelque chose à profusion. Mes parents s'extasient. Ils forment ce qu'on appelle un couple bien assorti.

Le grincement de la raclette sur les parois de la douche.

L'odeur du vinaigre blanc. L'odeur de l'after-shave mélangée à celle de la crème à raser. La porte de la salle de bains s'ouvre, le miroir du couloir attrape la vapeur, les murs suintent, la peinture s'écaille. Il faudrait faire réparer la ventilation, dit mon frère, il en a marre de le répéter. L'hiver, ça sent le moisi. Ça sent aussi le chou-fleur malgré le croûton de pain jeté dans l'eau de cuisson. Après avoir blanchi le chou, on le met au four avec du gruyère râpé.

Pour ravoir le plat en pyrex, Mika laisse tremper. La

vaisselle, c'est son truc. Mon père range et moi j'essuie. Je suis bonne à ça. Bonne à essuyer.

Je n'ai pas écrit que je n'étais bonne « qu'à ça », il faut lire tous les mots, loin de moi l'idée de me plaindre. Je n'ai jamais ressenti à l'époque que j'étais considérée comme étant inférieure à mon frère parce que j'essuyais la vaisselle plutôt que de la laver.

— Au moins, disait ma mère qui se tenait le plus loin possible des tâches ménagères, tu ne t'abîmes pas les mains.

Ma vision a changé aujourd'hui, et je ne suis pas loin de croire que Mika faisait la vaisselle pour me garder sous sa protection, lui agissant et moi recevant de ses mains l'aumône d'une place dans la cuisine, car sécher la vaisselle, de toute évidence, était une activité dont on pouvait se passer. Comme souffler le texte de *Naphtaline*, alors que mes parents s'en sortaient très bien en improvisant.

*

Je pense à Georgia et à son narguilé, j'espère qu'elle n'a pas recommencé à fumer *vraiment*, comme si on pouvait recommencer à fumer autrement que vraiment quand on a passé sa vie la clope au bec. Je m'en veux de ne pas l'avoir rappelée depuis l'annonce de l'exposition. J'ai envie d'entendre sa voix, sa façon de dire ma chérie, ma petite chérie, mais quelque chose m'empêche de le faire. Je m'éloigne d'elle, sans en comprendre la raison.

*

Le tatoueur ne me lâche pas. Quand je lui dis que je vais rester un peu plus longtemps que prévu, il me propose de me tatouer gratuitement, et si je veux bien, il aimerait me photographier et mettre ma photo dans la vitrine. Pour la photo, c'est non, pas la peine d'insister. Pour le tatouage, j'hésite.

— Une belle plume sur l'épaule, ça te plairait, une plume posée à côté d'un encrier ? Ou alors un clavier autour de la cheville, un alphabet…

Comment sait-il que j'écris, a-t-il remarqué la marque noire sur mes doigts ? Quand je lui pose la question, il me regarde d'un air surpris. Tout le monde dans le quartier est au courant, c'est un secret de Polichinelle.

Ce que Polichinelle vient faire là-dedans, mystère. Le tatoueur insiste pour que je vienne consulter les catalogues, me prend par la main, et sa main est chaude. Je bouscule en passant une pile de cassettes posées en équilibre près de la caisse, je suis troublée. Pas grave, commente-t-il en me tendant un épais classeur. Jamais rien n'est grave avec lui, tout paraît léger, sans importance, détaché du sol. En feuilletant le catalogue, je tombe sur une double page de cœurs percés. Mika plaisantait toujours avec ça, il me disait que s'il allait en prison, il se ferait tatouer un gros cœur sanglant avec mon prénom. Pourquoi serait-il allé en prison ? Il ne répondait pas à la question.

Le tatoueur parle de son métier, des moments d'intimité partagés avec les clients. Si un jour je suis en panne d'inspiration, je n'ai qu'à venir dans son salon, il me fera passer pour son assistante. Il y a beaucoup de choses qui se racontent entre ces murs, des drames familiaux, des accidents, des événements plus heureux aussi, comme l'histoire du maçon de la rue des Alouettes qui, ayant gagné au loto, avait acheté l'appartement au-dessus de chez lui pour ne plus qu'on lui marche sur la tête. Il aurait pu changer de vie, s'installer en plein cœur de la ville ou au bord de la mer, mais non : il a préféré acheter un matelas d'air et de silence dans le quartier de son enfance.

— Et qu'est-ce qu'il a choisi comme tatouage le maçon ? Pas un dragon, non, ni un soleil pour fêter son gain au loto. Une chaise, il m'a demandé de lui tatouer une chaise, pour se reposer quand il serait fatigué. Je lui ai proposé un hamac, ou un rocking-chair, mais non. Une chaise toute simple, c'est ce qu'il voulait.

Je pense à la voisine du premier étage. Depuis que nous nous sommes parlé, je marche pieds nus dans l'appartement. Je ne l'ai jamais plus rencontrée dans l'escalier, à se demander si elle n'a pas déménagé.

La proposition de passer du temps dans le salon de tatouage me tente, mais l'idée d'être confrontée directement à la parole des clients me met mal à l'aise. Ce n'est pas ma façon de travailler. Pour évoquer, dit souvent Georgia, il faut être ailleurs, séparé de l'objet dont on parle. C'est bien pour cette raison que je suis partie de chez moi.

Le tatoueur revient à l'attaque. Il me montre des modèles de plumes et d'encriers, et comme je n'arrive pas à me décider, il me rassure : si je résiste aux tatouages, il peut me percer.

Me percer ?

— Je réalise des piercings intimes, précise-t-il en baissant la voix, grandes lèvres, petites lèvres, Christina ou prince Albert pour les hommes. Tu connais le prince Albert ?

Il ne me laisse pas le temps de répondre. Sa collègue que j'ai peut-être déjà vue dans la boutique propose aussi des extensions capillaires, au cas où j'aurais envie de changer de tête…

— Mais tu n'es pas du genre à vouloir changer de tête, je me trompe ?

Oui, le tatoueur se trompe, je donnerais cher parfois pour ne plus me ressembler. Pouvoir de nouveau marcher dans la rue comme au premier jour. Boire un café debout devant le distributeur automatique de la gare sans qu'on se demande si je fais ça par goût ou par souci d'économie. Monter l'escalier de l'immeuble avec l'assurance de ne pas être reconnue. En attendant, le tatoueur me donne son numéro personnel, au cas où j'aurais envie d'aller boire une bière avec lui un de ces soirs. Je ne sais pas pourquoi je laisse planer un doute. Parce qu'il y a doute, sans doute, je ne vois pas d'autre réponse. À cet instant, quand le tatoueur me donne son numéro, je me sens tout à fait capable d'aller boire une bière avec lui, même si je n'aime pas la bière.

Boire une bière et plus, comme aurait dit ma grand-mère en dodelinant de la tête, si affinités.

À propos de Georgia, elle m'a envoyé un article sur une Américaine qui a créé le buzz sur la Toile en filmant un studio abandonné découvert derrière le mur de sa salle de bains. Plus de dix millions de vues, tout de même. L'Américaine avait senti de l'air qui venait d'un petit trou au-dessus de son porte-serviettes, un flux assez puissant pour faire bouger ses cheveux (elle le montrait dans la vidéo). Son frère l'avait aidée à desceller le miroir, et derrière le miroir, il y avait une ouverture qui donnait sur un studio meublé, avec tout ce qu'il fallait pour vivre. Les draps sur le lit étaient froissés. Le plus étrange, c'est qu'aucune ouverture assez grande, ni portes ni fenêtres, ne permettait d'accéder au studio, la seule issue étant le miroir de l'exploratrice. Nous sommes dans une autre dimension, disait le frère en promenant sa lampe torche dans l'espace. Le faisceau tremblait. La jeune femme passait son bras dans l'ouverture comme si elle voulait sentir la température de l'air. La vidéo s'arrêtait brusquement.

*

L'invitation du tatoueur à venir faire un stage dans son salon m'intrigue. Elle me rappelle cette lettre que Georgia m'a écrite pour m'inciter à bouger après la mort de Mika : Tout le monde a eu dans son existence quelqu'un qu'il a aimé et qui est parti. Tout le monde a été blessé par un ami sans avoir pu le raconter. Tout le monde s'est réveillé avec une phrase en tête impossible à prononcer. Il faut bien que ces mots restés en souffrance se rejoignent quelque part…

Je pense à la vieille dame assise sur le banc en bordure de fleuve – elle met son capuchon en plastique pour protéger ses cheveux du vent, et moi je la regarde. Je la sens. Elle me touche. Si je dois la décrire, je parle des lignes parallèles, celles de la cabane suspendue et de la tête du pigeon. Je note les degrés de vert, de gris, de bleu dans les eaux du fleuve. J'essaie de mémoriser la forme des immeubles, et leurs ombres dans la rue, ça ne veut pas dire que je ne suis pas bouleversée par la vieille dame. Au contraire.

Je me souviens de la nuance exacte du bleu dans le ciel, entre deux averses, et de la forme des nuages au moment où elle a noué son capuchon, mais je suis incapable de décrire son visage.

Ma mémoire, c'est n'importe quoi.

*

L'habitude d'interpréter les signes que le hasard (appelons ça le hasard) place sur mon chemin est une maladie que j'ai attrapée dès l'enfance. Ranger ce qui nous entoure par odeurs, par textures, par niveaux de couleur, reconnaître les angles, repérer les lignes parallèles, les figures qui se font écho ; discerner les goûts dans les goûts, les formes à l'intérieur des formes, et les associer ; métamorphoser les concours de circonstances en évidences joyeuses ou, les jours sombres, en malédictions... Que faire de cette conscience exacerbée ? Avec mon frère, nous avions ça en commun. Nous repérions les coïncidences comme d'autres voient le rouge et le vert. Longtemps, j'ai cru que c'était normal, que toutes les fratries connaissaient cette vision partagée du monde à force d'entendre les mêmes chansons, de traverser les mêmes expériences. En grandissant, je me suis aperçue que ce n'était pas le cas, loin de là. Les rares fois où j'ai pu en parler avec mes parents, j'ai compris que cette faculté que nous avions en commun, Mika et moi, était considérée comme une bizarrerie, qui expliquait sans doute ma difficulté d'apprentissage ou, plus tard, ma passion pour la lecture, puis l'écriture. Et mon enfermement.

Une bizarrerie ? Le mieux est de laisser dire.

Je suis comme Tiago face à ses peintures : je n'ai rien à prouver.

Le soir du coup de fil de Gabriel Tournon, quand il m'a annoncé qu'il avait rencontré *quelqu'un*, je ne me suis pas contentée de passer l'aspirateur. J'ai fait un grand ménage sur les murs. Retiré tous les brouillons, les citations, les articles découpés, les *à dev.* Je n'ai laissé devant mes yeux que le chiffon de Tiago. Quand je suis en panne d'inspiration, il me suffit de lire dans les taches et les plis du tissu. Le reste est inutile. Non, pas inutile : gênant. Trop d'associations, trop de projections. Comment ai-je pu imaginer une seconde que Gabriel Tournon allait insister pour que je m'installe avec lui quai Malo après son retour ?

Sur la table, la pierre prospère. Pourquoi Gabriel l'a-t-il laissée sous le canapé ? L'énigme reste posée. Pour ne pas que le pull s'envole ? Les courants d'air ne passent pas sous les meubles ni derrière les miroirs, en général. Mais le général, en ce moment, est truffé de particulier. La sixième bouche de la plante carnivore s'apprête à s'ouvrir, je tourne le pot pour qu'elle profite de la lumière. Je lui fais de plus en plus souvent la lecture, elle aime bien je crois, et moi j'aime entendre mon texte à voix haute. J'ai l'impression que quelqu'un de nouveau parle à travers moi.

*

N'avoir rien à prouver, plus rien à prouver. Être ce que l'on est, exactement : c'est ce que j'ai ressenti lorsque j'ai emménagé dans le deux-pièces avec Mika. Il n'y avait plus de professeur pour me dire que je pouvais mieux faire, plus de parents pour me féliciter de mes efforts. Mon frère avait changé de boulot, il était encore mieux payé qu'avant. Pendant qu'il travaillait devant son ordi, j'allais écrire à la médiathèque. Lorsque je partais, il me lançait : *Amuse-toi bien, petite sœur !*

Amuse-toi bien ! Comme si l'écriture était une activité récréative. Serais-je partie à la patinoire ou à la piscine rejoindre des copines qu'il n'aurait pas formulé les choses autrement.

La vie avec Mika était agréable, personne n'aurait pu dire le contraire. Nous avions tout ce qu'il nous fallait, une télé, des plantes sur le balcon et même un ami qui passait de temps à autre prendre un verre ou partager un repas. Il s'appelait Naël, on s'entendait bien. Je suis sûre qu'il garde encore aujourd'hui un bon souvenir de cette période, et si j'avais pu retrouver sa piste pour le prévenir, il serait venu à l'incinération de Mika. Naël avait un copain, Clément, dit le lézard, qui a habité quelques semaines avec nous en attendant qu'une chambre se libère au foyer. On lui a installé un matelas gonflable dans un coin du couloir, c'était mieux que la rue. Il faisait de la musculation et se regardait dans la glace en gonflant les biceps. Nous avions accès, par un escalier de secours, au toit de l'immeuble. Nous allions tous les trois sauter à la corde entre les cheminées, on dominait la ville, ça nous donnait de l'élan. C'est sur le toit également que nous étendions le linge. J'ai retrouvé des petits messages que nous nous laissions sur la table de la cuisine, tout était si facile alors, si léger. Mon frère était drôle, intelligent, particulier. Si drôle, si intelligent, si particulier que je ne voyais pas qui aurait pu le remplacer. Nous étions uniques l'un pour l'autre, c'est cette idée qui me revient souvent quand je pense à cette époque de ma vie.

Uniques, au pluriel. Singuliers.

*

Comme il ne retouche pas ses tableaux, que son dossier de candidature est parti et qu'il ne court que trente-sept minutes par jour (j'oublie toujours de lui demander pourquoi trente-sept plutôt que vingt-neuf ou quarante-trois), Tiago a beaucoup de temps pour me voir. Il a dû sentir que je m'étais un peu éloignée après son histoire de dossier à compléter, je lui ai parlé du tatoueur et de la chaise du maçon, ça ne l'a pas du tout intéressé. Il préfère que je lui parle de Mika, même s'il me soupçonne de réinventer parfois les choses, de les embellir ou au contraire de les noircir selon les âges et les souvenirs. Il prétend qu'il n'a jamais rencontré quelqu'un d'aussi mystérieux que moi, puis, sans transition, un jour, il me demande si je suis amoureuse de mon frère. Je fais semblant de ne pas être choquée. J'esquive la question, ou plutôt j'esquive la réponse. Je ne suis pas amoureuse de mon frère, et je ne l'ai jamais été, il s'agit d'autre chose. Nous sommes liés.

— Tu veux dire ligotés ?
— Parfois, oui, c'est arrivé.

Tiago est fils unique, c'est sans doute pour cette raison qu'il veut toujours en savoir plus sur Mika et moi. Il a souffert d'avoir été seul face à ses parents, il s'est enfermé dans la peinture, mais parfois la peinture ne suffisait pas à le protéger. Il a les yeux brillants quand il parle de son père. Il dit que j'ai de la chance d'avoir eu un frère, de la chance d'avoir un papa et une maman qui s'entendaient bien. Il insiste pour que je lui montre des photos de nous enfants, mais les photos, je les ai effacées. Toutes ? Presque toutes. Il reste celles sur la plage que Mika avait mises en ligne et un tirage que je trimballe au fond de mon sac.

— Un tirage, quel tirage ?

L'image a vécu, mais l'on distingue nettement un petit garçon avec un bâton à la main debout devant un manège. Sa sœur, les mains serrées autour de l'axe d'un cheval de bois, portait un tee-shirt rayé bleu et rouge brique, du même rouge que la guérite où l'on vendait les tickets. L'une des rayures du tee-shirt filait dans le paysage, et c'était comme si son buste était le prolongement de l'espace qui l'entourait. Quand le manège se mettra en route, s'il se met en route, une partie de la fillette s'en ira avec le cheval et l'autre partie restera accrochée au décor. Lentement, inexorablement, la petite fille se déchirera sous les yeux du petit garçon.

Ce n'était pas une histoire que j'avais inventée, mais l'histoire que Mika racontait à propos de ce cliché. Elle m'avait tellement marquée que je n'avais pas eu le courage de jeter la photo, comme si le fait de la garder pouvait lever la malédiction, la suspendre, et empêcher le manège de se mettre à tourner.

Le lendemain, Tiago me demande s'il peut m'emprunter le tirage, il aimerait, si je suis d'accord, s'en inspirer pour commencer un nouveau projet fondé sur les histoires que je lui raconte.

— Un projet statique ?

Tiago rougit un peu mais ne relève pas. Il veut travailler, poursuit-il, à partir de souvenirs intimes, en s'appuyant sur des documents. Est-ce que j'accepterais de participer ?

Le peintre marche sur des œufs, et je ne suis pas tellement plus à l'aise. Son attirance pour mon frère me dérange. J'ai peur qu'il le représente en héros, alors je décide de lui raconter ce que je n'ai jamais raconté à personne, même pas à Georgia, pour remettre les choses à leur place, en quelque sorte, et peut-être me soulager d'un secret qui devient, à mesure que j'avance dans le récit de mon enfance, trop difficile à garder.

Remettre les choses à leur place, oui, il s'agit bien de ça depuis le début. De place.

*

Pendant tout le temps de l'installation rue Falguière, Mika avait une idée fixe : il voulait accrocher un portrait de nous deux dans le salon – une œuvre originale, disait-il sans préciser à quel genre de technique il pensait. Il avait une vision précise de la façon dont il désirait que nous soyons représentés – je ne t'en dis pas plus, ce sera la surprise.

Je n'avais pas très envie de me voir chaque jour en me levant (c'est moi qui dormais dans le canapé-lit et lui dans la chambre). Quel besoin avait-il d'accrocher au mur un tableau nous représentant, alors que nous étions l'un et l'autre à portée de regard ? Quelques mois plus tard, j'avais oublié son projet, quand un soir il était rentré à la maison avec un photographe qu'il avait soi-disant rencontré à la boulangerie. Tous les deux sentaient l'alcool, je n'ai pas relevé. C'était une convention entre nous, la vérité n'était pas toujours en rapport avec ce que racontait Mika – il suffisait de le savoir, je m'étais habituée. Ce n'étaient jamais de gros mensonges, juste des aménagements avec la réalité. Sa façon à lui de changer le monde. Mika avait son alibi : il rapportait du pain, voilà ce qui lui paraissait important, une baguette qu'il tenait sous le bras.

— Comme un bon Français, disait-il à son nouvel ami en lui tapant dans le dos, tu vas me photographier comme un bon Français. Et ma femme, on va lui donner un putain de coq à porter, qu'est-ce que tu en penses ma Lilou ? On va faire le portrait idéal d'un gentil couple français de chez français.

Le photographe, ça avait l'air de l'amuser. Ce n'était pas la première fois que Mika me présentait comme étant sa femme, depuis le quiproquo de l'agence immobilière il avait pris goût à ce petit jeu. Comme par hasard (difficile de penser que ce n'était pas prémédité) mon frère avait acheté un coq le matin même au marché pour le cuire en cocotte, avec la tête et les pattes, Mika ne voulait jamais qu'on les coupe, déjà qu'ils sont obligés d'enlever les abats, disait-il, qu'on nous laisse au moins la crête et les ergots. Il m'a demandé de poser en tenant la volaille par le cou. Je ne devais pas sourire. Je me souviens du contact de la peau qui glissait le long des vertèbres du coq. Ses barbillons se sont déposés sur mon poignet, près de la gourmette.

Après avoir arrangé ses cheveux, Mika est venu se mettre de profil, sa baguette bien cuite sous le bras et la tête tournée vers le photographe.

*

Je n'ai plus la photo, mais l'image, elle est dans mes yeux. Mika et son *putain* de pain. Moi et mon *putain* de coq. Nos regards parallèles, dans un premier temps, pointés vers l'objectif. Puis nos regards qui se croisent comme on croise le fer.

*

Tiago écoute attentivement mon récit, il prend des notes. Il me doit beaucoup, dit-il, jamais ne me remerciera assez. Notre compagnonnage, comme il l'appelle en souriant, le conduit à réviser sa pratique. C'est décidé : s'il recommence la peinture statique, comme je l'ai deviné, il n'en abandonne pas pour autant le *jogging-crabouillage*, mais en faisant évoluer sa palette. Il va laisser tomber les couleurs pour adopter mes outils de travail : crayon à papier, gomme, bic noir, et (ce sera sa touche personnelle) un tube de peinture dorée à utiliser avec un bambou taillé en pointe.

— Pour attraper le soleil, commente-t-il.

Le résultat est éblouissant. Je suis bluffée, comme dirait Georgia. Emportée par la beauté du tableau, je propose à Tiago de me raccompagner. Pas seulement en bas de l'immeuble. Je n'ai pas tenu un homme dans mes bras depuis plus de sept ans, je suis timide, c'est lui qui le dit, il doit tout faire pour deux. Il me caresse longuement avant d'approcher son sexe de mon sexe. Je ne sais pas ce qui m'arrive. Ou plutôt si, je le sais très bien, trop bien. Je me retrouve à sangloter dans la salle de bains. Je m'enferme dans le peignoir de Gabriel.

Tiago est patient, il ne me quitte pas, ne me lâche pas. M'interroge doucement en procédant par petites touches, sans appuyer, comme il dessine les feuilles des arbres. Je n'ai pas eu à lui demander de se rhabiller, il l'a fait de lui-même. Ne s'est pas contenté de nouer une serviette autour de sa taille, non, il a compris que ce ne serait pas suffisant. Son sourire me bouleverse, comment pourrait-il savoir ? Je n'arrive pas à oublier la bouche de mon frère, ce soir-là, le soir du photographe.

Comme les sanglots redoublent, Tiago me demande si je préfère qu'il s'en aille, je hoche la tête en signe d'affirmation. Il prend ses affaires, mais laisse le dessin qu'il a fait dans l'après-midi, celui que j'aime tant.

— Il est pour toi, dit-il, pour ta peine.

Le papier griffé d'or est à plat sur le tapis du salon. Quelques minutes plus tard, Tiago frappe à la porte. Il a peur d'avoir été indélicat en parlant de peine, il ne faut pas voir le tableau comme un lot de consolation. Je pense à Gabriel Tournon, à la petite enveloppe et à ce mot qui manque, celui qui décrirait le sentiment d'apaisement qui accompagne les actes gratuits.

Tiago n'arrive plus à partir, parce que je ne le laisse pas partir. Nous faisons l'amour dans l'entrée, tout habillés, et c'est moi, cette fois, qui mène la danse. Je ne veux pas qu'il me touche avec ses mains, pas qu'il me regarde, pas qu'il me caresse. Je ne veux pas de sa tendresse. Je ne veux pas l'aimer, juste que nos corps se rencontrent. Plus tard dans la nuit, je parlerai. Je raconterai tout d'un bloc d'une voix feutrée, un gros caillou dans de la laine.

*

Le lendemain, retour au jardin botanique. La nature est agitée. Il fait trop chaud pour la saison, le temps est à l'orage. Le peintre a fini son parcours quand le ciel commence à s'assombrir. Nous sommes tous les deux assis sur le banc, un peu secoués par la nuit que nous venons de passer. Soudain, le tonnerre gronde et le pont disparaît derrière un rideau de pluie. Nous pourrions aller nous abriter sous le kiosque à musique, mais non. Tiago passe son bras autour de mes épaules, je ne m'écarte pas. Comme j'essaie de protéger le tableau, il m'assure que ce n'est pas la peine. L'eau est son alliée. Elle fait partie de l'expérience.

Nous regardons l'œuvre du jour se dissoudre. Le noir du stylo résiste un temps, puis se met à couler. Nous restons là, assis l'un contre l'autre, à observer la métamorphose. Je pense à la mousson. À Gabriel Tournon, quelque part en Inde. Quand il reviendra, je lui dirai que grâce à lui, moi aussi j'ai rencontré *quelqu'un*. S'il n'avait pas prolongé son séjour, Tiago serait resté un ami. Un bon ami. Il n'aurait pas eu l'occasion de connaître l'appartement du quai Malo.

L'appartement, et tout ce qui s'ensuit.

XIII

Neuvième semaine

— Ce n'est pas la peine de t'énerver, insiste Georgia, tu feras ce que tu voudras, mais pour moi, un chapitre ne peut pas se terminer par *et tout ce qui s'ensuit.* C'est comme si tu écrivais : *L'appartement, etc.*, et que tu nous laissais en plan.

— Et pourquoi je n'écrirais pas : L'appartement, etc. ? Qu'est-ce qui m'en empêche ?

— Ta phrase est bancale, point. Claquée au sol.

Est-ce si grave pour une phrase d'être bancale ? Ce n'est ni une table ni une chaise, elle ne fera jamais tomber le lecteur, au pire elle le réveillera. J'entends Georgia allumer une cigarette. Je n'ai pas le cœur à lui dire que j'ai compris, ce n'est pas juste une petite au réveil, une petite avec le café.

— Tu parles sérieusement ma chérie, tu vas laisser comme ça ? demande-t-elle après avoir tiré une bouffée. Je ne peux pas croire que tu sois contente de toi quand tu te relis… *L'appartement et tout ce qui s'ensuit…* On n'est pas dans une liste de choses à faire ou à ne pas faire. Pendant que j'y suis, j'aurais également quelques changements à te suggérer dans le coup de fil avec le propriétaire, au début, mais on verra ça plus tard, pour le moment je m'accroche à *tout ce qui s'ensuit*. Primo c'est laid, deuzio c'est, c'est... la porte ouverte à toutes les approximations.

Pourquoi Georgia met-elle tant d'énergie à défendre son point de vue ? Je sens qu'elle évite de parler de ma rencontre avec Tiago. Elle a peut-être raison à propos du verbe *s'ensuivre*, je pourrais le remplacer par *découler*, tout ce qui en découle, et le lier au fleuve, c'est une piste à explorer. Je n'ai pas assez de recul, je promets à Georgia de chercher une autre manière de clore le chapitre, même si au fond cette façon de tourner la page me semble justifiée. Comme elle l'avait calligraphié sur l'une de ses fameuses pancartes, on ne coupe pas une poutre avec des ciseaux à ongles. La brutalité est une qualité pour celui qui se débat avec des fantômes, je le sais, je le sens, à cet endroit du récit je dois trancher, comme le peintre, changer d'outils, aller vite, mais avec quels mots expliquer tout ça à ma grand-mère ? L'important pour moi aujourd'hui est d'avoir son avis sur les scènes précédentes – c'est la raison pour laquelle je lui ai donné à lire les derniers chapitres. Je lui demande comment elle a trouvé la visite chez le vétérinaire, la rencontre avec le peintre, la proposition du tatoueur...

— Chez le vétérinaire, par exemple, j'ai une question importante à te poser. Est-ce que je garde Georges Clouni pour le cochon, ou est-ce que je l'appelle autrement ?

— Pourquoi tu changerais ?

— Ça me gêne à cause de ton prénom. George, Georgia... J'ai pensé à Fred Astaire, c'est mignon pour un gros animal, Fred Astaire, non ? C'est allégeant. Qu'est-ce que tu en penses ?

Elle en pense que je ne peux pas retarder éternellement le retour du chat.

— Ni reporter éternellement, ma petite chérie, ne te fâche pas, je sens que tu vas te fâcher…

— Je ne vais pas me fâcher.

— Ni reporter éternellement le récit de ce qui s'est passé entre toi et ton frère.

— Tu veux dire : entre la narratrice et son frère ?

— Si tu préfères. Quant au personnage du tatoueur, entre nous, je le trouve glauque. C'est quoi ce truc de piercing intime ? Tu as regardé au moins ce qu'était un prince Albert ? Non ? Eh bien moi j'ai regardé. Ce type n'est pas du tout pour toi, ma petite chérie, même pas en rêve.

Une fois de plus, je me demande pourquoi j'ai envoyé mon texte à Georgia. Je m'étais bien dit, la première fois, que je ne devais plus rien lui faire lire avant d'avoir posé le point final, alors pourquoi ?

Pourquoi, oui, c'est la question qui m'occupe après avoir raccroché. En ce qui concerne le cochon vietnamien, ma grand-mère m'a conseillé de garder son nom tel quel, puisque j'avais choisi de garder Virgile et sa traversée des Enfers, au lieu de Platon dans sa caverne. Il fallait être cohérent.

Quand j'entends son rire, que j'imagine son regard malicieux, je sais que j'ai bien fait de lui donner mon texte à relire. Georgia a toujours raison, même si je ne suis pas d'accord avec elle. J'ai besoin qu'elle me prenne dans ses bras et qu'elle me serre contre sa poitrine. Besoin de suivre ses conseils, parce que toute seule, j'ai du mal à me décider. Et même du mal, parfois, à tenir debout. Je ne sais pas comment je me débrouillerai quand ma grand-mère ne sera plus là. Quand elle aura fait son temps, comme elle dit. J'aimerais lui écrire une longue déclaration d'amour, un livre entier qui la rendrait immortelle.

Ce soir, je repousse le moment d'arrêter d'écrire. Je bavarde avec le clavier, je n'ai pas envie de dormir.

*

Même si Bâle, ce n'est pas la porte à côté, j'ai pris la décision d'aller au vernissage de maman. Georgia me félicite. Elle sait que ce ne sera pas facile de nous retrouver dans une exposition dédiée à Mika, il faudra du courage. Elle se souvient du moment où nous avions quitté la maison familiale, mon frère et moi, de la fête dans le gîte et du déménagement, avec la caisse *Kitchen* que ma mère avait préparée, pour que nous ne partions pas de rien. Après notre départ, mes parents étaient revenus à leur vie d'avant, leur vie de jeune couple sans enfants, se refermant l'un sur l'autre comme une plaie qui cicatrise. Ils n'avaient pas souffert. La peau avait repoussé. Pour maman, l'important, c'était notre liberté. Nous étions des êtres merveilleux, quels que soient nos choix, nous pouvions compter sur son soutien inconditionnel, alors il était bien normal de me rendre à son vernissage.

Une fois encore, la bienveillance de nos parents à notre égard au moment du déménagement et de la fête qui avait suivi n'est pas à remettre en cause. Mon père avait insisté pour que nous emportions leur vieux tuner, qui faisait également lecteur de cassettes autoreverse, avec prise casque et booster de basses. Je revois son visage épanoui, il était heureux de nous offrir cet objet qui avait tant compté pour lui dans une vie antérieure. Il n'était pas question de refuser. Mika avait calé le truc sur sa hanche, avec son câble enroulé autour, et l'avait jeté en route dans une benne de chantier.

J'ai toujours regretté ce geste. Nous aurions au moins pu donner l'appareil ou l'apporter dans un magasin pour qu'il soit recyclé, mais non, nous devions nous en débarrasser au plus vite. Il portait en lui le passé, nous ne voulions plus le voir, alors les cassettes audio dans le salon de tatouage, il faudra que je le raconte à Georgia pour qu'elle comprenne l'importance de ce lieu pour moi, ça m'a fait comme une piqûre de rappel.

Au passage, et sans commentaire : Georgia a reçu un courriel du *New York Times*. Notre conte a été retenu dans la *short list*, mais il n'a pas remporté l'adhésion du jury.

*

Tiago m'invite chez lui en me demandant de ne pas dire où il habite si j'en parle dans mon livre. Je peux raconter les séances de peinture, le petit pont ou le kiosque à musique, je peux même évoquer ses visites quai Malo, mais tout ce qui se passe chez lui, il préfère que je le garde pour moi. En revanche, il insiste pour que j'écrive ce que je lui ai raconté ce soir-là, quitte à le couper dans la version finale.

— C'est important de tout poser noir sur blanc.

— Avec un peu de doré ?

— Non, pas de doré, le noir et le blanc suffiront. Il n'y a pas de place pour les dorures entre ton frère et toi.

Il a l'air très sûr de lui.

Ce que je ne voulais pas aborder dans le livre, et que j'ai raconté à Tiago, tient en peu de mots. Ce n'est ni très original ni très glorieux. Le soir de la photo avec le coq et la baguette, la photo du gentil petit couple, mon frère me propose de dormir dans la chambre, au moins une nuit sur deux, et lui dormira dans le salon. Il s'énerve. Il n'y a pas de raison que je me tape le convertible tout le temps. Mon sens du sacrifice commence à le gonfler. J'accepte le principe de l'alternance dans l'espoir qu'il se calme, mais ma réponse le met dans un état d'exaltation incompréhensible. Il veut commencer dès ce soir, dès maintenant, là, tout de suite, je n'ai qu'à prendre mes affaires et m'installer. Le coq est resté dans le salon, en tas sur son sac en plastique, Mika refuse que j'aille le mettre au frigo, je ne suis pas sa bonne, il va s'en occuper.

— Tu devrais déjà être couchée, allez zou, ma Lilou, tu as vu l'heure ?

Le lit de la chambre est défait, je tire les draps jusqu'à mon cou. Les oreillers portent l'odeur de mon frère. J'ai un peu bu après la séance avec le photographe, pour être au même niveau que les autres, m'amuser comme eux, dire des bêtises comme eux.

J'éteins, ma tête se met à tourner. Je suis déjà presque endormie quand la porte s'ouvre. Je sens la lumière à travers mes paupières. Mon frère vient me rejoindre dans le lit. Il essaie de glisser son genou entre mes cuisses. Je pose une question stupide, cette question qui me hante, celle qu'a prononcée Mika quand j'ai voulu mettre le mille-feuille à la poubelle – je lui demande : Pourquoi tu fais ça ?

Je dis encore, un peu plus fort : Qu'est-ce que tu fais, Mika ?

Je le répète, comme si je ne sentais pas très bien ce qu'il faisait, ou ce qu'il tentait de faire, et je pense à mes dents qui ne sont pas brossées. J'espère que mon frère ne va pas essayer de m'embrasser, c'est cette chose-là qui me préoccupe, j'en ai honte aujourd'hui. Je me tourne vers le mur et lui demande de me laisser dormir.

Il ne comprend pas mon attitude, essaie de m'attirer vers lui, sa voix déraille, il a trop bu lui aussi.

— Il faut savoir ce que tu veux, petite sœur, hein ? Allez, dis-moi ce que tu veux. Ce que tu me veux. C'est quoi ce petit jeu que tu joues avec moi ? On arrête ça maintenant, ne fais pas l'idiote, je t'en supplie, retourne-toi, regarde-moi...

Il parle en me caressant le dos. Je repousse sa main dans l'espoir de le ramener à la raison, mais la raison, c'est qu'il me désire, et il prétend que c'est réciproque. Depuis que nous sommes ici, chaque nuit il rêve de moi, de nous, du couple que nous pourrions former si nous avions un peu plus de courage.

— Ce n'est pas par hasard si on t'a prise pour ma femme à l'agence, et tout à l'heure quand on posait pour la photo, tu l'as bien senti, non, tout à l'heure, l'évidence de…

— L'évidence de quoi ?

Il me tient par les poignets, ces poignets si fins qu'ils sont prêts à casser, il a l'air triste, me demande si je l'aime, et je lui réponds que je l'aime, évidemment, comme une sœur aime son frère. Je l'aimerai toujours, sauf s'il ne me respecte pas. Parce que c'est ça qu'il est en train de faire, d'essayer de faire, il faut bien mettre des mots. Mika bondit, ne pas te respecter, moi, mais tu dérailles complètement ma pauvre fille, et je vois son visage tout près de mon visage, je ne sais pas ce qu'il attend, il dira qu'il ne voulait pas m'embrasser de force, il dira que j'étais bourrée, que je délirais, que c'était moi qui projetais. Tout est à la fois très rapide et très étiré, comme le jour où Mika avait fait semblant de me pousser dans le vide. Je sens mes dents attraper un bout de lèvre et se refermer d'un coup sec. Un goût de sang dans la bouche, je me demande si je ne me suis pas blessée, mais non, ce sang n'est pas le mien. Mon frère me traite de folle, il s'élance, la porte s'ouvre, le bruit de l'eau qui coule, je le rejoins dans la salle de bains : le lavabo est rouge de sang. Mika tousse, crache, il va s'étouffer. Mon téléphone est à portée de main, le standardiste de SOS Médecins me demande de lui décrire la blessure. Il me rassure, ça ne peut pas être bien grave. Il nous envoie quelqu'un.

Deux points de suture, quand même.

Le médecin était une femme, c'est ça que Mika me reprocherait quand nous en reparlerions, pas de l'avoir mordu, mais d'avoir fait entrer une étrangère dans l'appartement. Je crois qu'il m'en aurait moins voulu si ça avait été un homme. Au moment de partir, elle m'avait proposé à voix basse de m'accompagner au commissariat si je voulais déposer une main courante. Pour elle, il n'y avait pas de doute : je ne pouvais avoir agi qu'en état de légitime défense.

Une main courante ?

Elle m'avait suggéré d'aller dormir ailleurs, au moins pour cette nuit. Est-ce que j'avais de la famille, des amis, quelqu'un qui pourrait m'héberger ? Je lui ai répondu qu'il ne fallait pas inverser les rôles. C'était à mon frère d'aller dormir ailleurs.

— Votre frère, elle a répété, c'est votre frère le type que j'ai recousu ?

Ça, elle n'avait pas compris. Elle a bafouillé, s'est excusée, et m'a laissé son numéro personnel, au cas où. En y repensant, je me demande pourquoi elle s'est excusée.

Une odeur de café dans la cuisine. Après être passée à la pharmacie de garde pour acheter les compresses et la pommade antibiotique, j'avais retrouvé Mika affalé sur le fauteuil devant la télé. Sa lèvre avait dégonflé, il avait mis de la glace. Sa valise était prête. Il préférait aller dormir à l'hôtel. Il me demandait ce que j'en pensais, mais je ne pouvais pas répondre. J'étais incapable de penser. Je n'arrêtais pas de pleurer. Les mêmes larmes que lorsque j'ai trouvé la pierre et le pull sous le canapé. Celles de la méprise.

*

Nous avions parlé longtemps dans le salon, lui debout avec sa valise entre les jambes, moi à l'entrée de la chambre, prête à reculer s'il tentait d'approcher. Mika n'y comprenait rien. Comment en étions-nous arrivés là ? Qui disait que nous étions les plus heureux du monde ? Qui se laissait appeler mon petit oiseau, et qui l'appelait en retour mon petit poisson, comme les personnages de la chanson ? Qui lui empruntait ses tee-shirts XL et les portait avec rien dessous ? Qui le maquillait ? Qui laissait sa porte ouverte en prenant sa douche ?

Mon frère me le jurait, sur sa tête, sur la tête de Georgia et celles de nos parents réunis : s'il m'avait forcée un peu (il appelait ça : *un peu*) c'était par nécessité (ah bon ?). Parce qu'il avait toujours été pour moi celui qui fait bouger les lignes, celui qui déplace les frontières, toutes les frontières. Celui qui démonte les idées reçues.

Je lui avais montré sa lèvre tuméfiée. Ça aussi, c'était pour déplacer les idées reçues. Je n'étais plus la petite fille qui se laissait manipuler. C'était ce qu'il voulait, non ? J'avais appris à me défendre, il aurait dû être content.

Je lui avais dit tout ça en pleurant.

Mika était déçu, mon attitude était incompréhensible. Nous aurions pu partager des choses extraordinaires, je ne savais pas ce que je perdais, je le regretterais toute ma vie. Je finirais toute seule, parce que jamais personne ne serait à la hauteur de ce que nous vivions, de ce que nous avions vécu, et lui, s'il avait su, il m'aurait laissée tomber depuis longtemps.

— Tu m'entends Alice ? Depuis longtemps. Tu serais allée en pension aux Étoiles, avec d'autres élèves comme toi. Tu aurais peut-être été plus heureuse dans un établissement adapté, qui sait ?

Et ça repartait, sa voix grimpait, il s'était trompé sur mon compte, il criait maintenant, sa valise à la main, et je ne savais que pleurer, parce que oui, je l'aimais, je ne pouvais pas dire le contraire, un amour qui dépassait tous les amours. Je l'aimais, mais je ne voulais pas de lui.

La conversation s'était encore poursuivie dans l'entrée de l'appartement. Mika n'arrivait pas à partir et je ne me sentais pas la force de le pousser dehors. Je ne sais pas, je ne sais plus pourquoi, en effet, je ne fermais pas la porte de la salle de bains quand je prenais ma douche. Nos parents se promenaient souvent nus dans la maison. Entre gens de la même famille, nous n'avions pas besoin de nous couvrir, et d'ailleurs se couvrir aurait été l'aveu d'une attirance déplacée, voilà ce que je me disais, la nudité ne portait pas à conséquence.

Eh bien si, d'après mon frère, il avait jeté ça aussi avant de quitter les lieux : ce n'était pas anodin, et les conséquences seraient lourdes à porter si je n'admettais pas que, depuis longtemps déjà, depuis toujours, même avant l'apparition des premiers signes de la puberté, ces fameux poils que ma mère avait pointés du doigt devant le médecin de famille, je le provoquais. Pour Mika, il n'y avait pas de doute, si un coupable devait être désigné, c'était moi.

Et puis ce mot, respect... Comment pouvais-je penser qu'il ne me respectait pas ? Je ne savais pas de quoi je parlais.

Quand il a prononcé cette phrase, qu'il a répété que je

ne savais pas de quoi je parlais, il avait envie de cogner, ça se sentait, je l'ai senti, mais je n'en avais rien à battre. Il pouvait me tuer s'il voulait, voilà ce que j'ai pensé, que nous étions cette sorte de couple, qu'il passerait vingt ans en prison et que je ne serais pas là pour lui rendre visite au parloir.

Il ne m'a pas tuée, il m'a donné une gifle, et comme je restais immobile, la main sur la joue, il a détaché la clé du deux-pièces de son trousseau et l'a balancée par terre en s'excusant. La gifle, il regrettait.

Il m'a promis qu'il ne viendrait plus m'embêter, même si je le suppliais à genoux, et ça m'a rassurée qu'il n'ait plus la clé. J'avais peur de lui, peur qu'il se cache dans le coin de la cage d'escalier pour me sauter dessus la prochaine fois que je descendrais. Je suis allée à la fenêtre pour voir s'il sortait bien de l'immeuble. Le coq était toujours sur la table avec sa crête molle, je l'ai pris et je l'ai expédié dehors de toutes mes forces. Il s'est écrasé sur le trottoir, à quelques centimètres de Mika. Voilà pour la gifle, j'ai pensé, nous sommes quittes.

Quand j'avais raconté tout ça à Tiago, il m'avait écoutée en silence. Je lui en avais voulu de me laisser parler dans le vide, j'aurais aimé qu'il m'aide un peu, qu'il me console, lui, mais en y repensant je crois qu'il a fait exactement ce qu'il fallait faire, car me consoler, c'était me réduire à l'état de victime.

L'épisode du coq jeté par la fenêtre l'a particulièrement marqué. Plus tard il y revient, il imagine la série de tableaux qu'il pourrait en tirer. La volaille tournoyant autour de ma tête, telle une fronde, puis s'envolant, bec ouvert, ailes déployées, avant de fondre sur Mika. Tiago a cette capacité que je lui envie de transformer les verbes en images. J'aime l'écouter parler de ses peintures, de ses projets, j'aime l'entendre chercher en direct, et son corps aussi me plaît. La suite de l'histoire, après le départ de Mika ? Tiago veut tout savoir, enfin tout ce que j'accepterai de partager avec lui.

*

Mika était resté dix jours à l'hôtel sans donner signe de vie, le temps que les points de suture se résorbent peut-être. Dix jours de régime mou et de café tiède. Quand il est revenu rue Falguière, soi-disant pour chercher le reste de ses affaires, il avait l'air penaud. Il avait pourtant eu la chance de rencontrer une femme qui, disait-il, l'aidait à traverser cette étape difficile. Elle le comprenait. Elle lui avait conseillé de ne pas s'approcher de moi, comme si j'étais toxique – le grand mot à la mode, toxique.

Est-ce que j'étais toxique ? Pas assez, sans doute, puisque Mika n'avait finalement pas repris ses affaires. Il était resté.

Il ne pouvait pas continuer à payer l'hôtel, m'avait-il expliqué, et sa nouvelle amie ne lui avait pas proposé de l'héberger. Je crois qu'elle avait des enfants, qu'elle était mariée, qu'importe, ce que j'avais compris c'est que Mika ne savait pas où dormir.

Dans la soirée, au téléphone, je l'avais entendu dire à son amie que ce n'était plus la peine qu'elle prenne de ses nouvelles. De ce jour, son visage s'est fermé. Il n'a plus invité personne à la maison. J'étais la seule qu'il acceptait de voir, et pourtant, nous vivions comme des étrangers, pire que des étrangers : comme des ennemis contraints de partager le même espace. Dans le deux-pièces se jouait un curieux ballet sans sauts ni pirouettes, sans musique, sans rien. Nous nous arrangions pour ne pas nous croiser. Je me levais très tôt, et lui rentrait tard le soir. Je ne lui parlais plus, je ne voulais plus lui parler, au début j'avais essayé mais chaque fois il tirait la situation à son avantage.

Un lundi, la photo est arrivée par la poste, bien protégée entre deux couches de carton épais. Les coins de l'enveloppe étaient renforcés, l'adresse portait nos deux prénoms suivis de notre nom de famille. On voyait la barbe naissante sur les joues de Mika et les picots sur la peau du coq, si l'on appelle ça des picots. Mon frère a regardé le tirage avec attention, puis très lentement l'a déchiré.

De fines tranches. Voilà ce qu'il a fait de nous. Des lamelles.

Son visage et mon visage, lacérés. Il a ramassé les morceaux, les a mis dans le saladier en inox et les a mélangés. Puis il est descendu dans la cour pour les brûler, à cause de l'alarme incendie, a-t-il expliqué, je remonte tout de suite. Il a laissé refroidir les cendres, puis les a transférées dans la boîte à secrets, cette même boîte dont je viens d'hériter.

Les cendres de notre amour tendre, avait-il dit avec ce petit rictus qui ne le quitterait plus.

*

Tiago a peur de me blesser. Son appréhension rend notre relation délicate, dans les deux sens du terme : sensible et compliquée. Il surveille ses gestes, me laisse prendre toutes les initiatives. Il aimerait, pour son nouveau projet de peintures inspirées de faits réels, que je lui raconte encore quelque chose de mon enfance avec Mika. Une scène en relation avec la nature, peut-être, si j'ai ça en rayon. Je nous revois, Mika et moi, dans le jardin de Georgia. Nous avons notre coin à nous, une espèce de tipi protégé de la route par une haie de thuyas. Je suis assise à califourchon sur une chaise que nous avons récupérée dans le garage, les bras croisés, appuyés sur le dossier. Mika se tient debout derrière moi, il me caresse les épaules avec un bouquet de fleurs qu'il a cueillies sur le chemin de l'ancien lavoir. Il s'étonne que je lui demande d'arrêter. Quand je lui parle de brûlures, il prétend que c'est psychologique, qu'il faut que je me détende pour profiter pleinement de l'expérience, puis comme je repousse sa main, ne supportant plus le contact du bouquet sur ma peau, il accepte d'arrêter.

Mes épaules sont écarlates, boursouflées de cloques.

Mon frère parle de fourmis, inspecte chaque bouton-d'or et chaque bleuet, paraît sincèrement désolé quand il découvre parmi les fleurs une branche d'orties. Il dit : Ça alors, mais ça alors, et comme un magicien, il tire de sa poche des feuilles de plantain. Il les mâche et pose la mixture sur les zones enflammées. Les démangeaisons s'estompent, puis disparaissent.

Le bouquet finira dans le vase du premier étage, près de la fenêtre. Il restera là longtemps, séchant, perdant ses couleurs, mais gardant intacte sa charge symbolique. Chaque fois que nous passerons ensemble à côté, mon frère me fera un clin d'œil pour souligner notre complicité. Son soutien, sa présence, son assistance me sont alors indispensables, et je ne remets pas en question le fait que l'ortie se soit glissée à son insu dans le bouquet, mais il faut être lucide : ce genre de plante ne se laisse pas cueillir sans se signaler. Et on ne garde pas par hasard des feuilles de plantain dans sa poche.

Quand je raconte l'histoire à Tiago, les muscles de ses mâchoires se contractent. Il me demande comment il est possible d'être aussi tordu. Il ne pense plus à la série de tableaux qu'il pourrait tirer de mon récit, il pense à moi. Que Mika me caresse les épaules avec des orties, c'est une chose, mais qu'il se présente ensuite en sauveur, voilà qui le dégoûte. Et que je ne dise rien, que je ne proteste pas le dérange aussi. Ce qu'il ne comprend pas, et que je comprends en lui parlant : personne ne veut passer pour un être brutal, un sale type ou une harpie. Ni pour un souffre-douleur. La honte est une passion sourde qui fait plus de dégâts que la recherche du pardon.

Pour Mika, le soin et la consolation faisaient partie intégrante de l'agression. Ils rendaient acceptable l'inacceptable.

Tiago ne lâche pas l'affaire. Il doit bien y avoir quelque intérêt à agir de la sorte, reprend-il le lendemain, ou à se laisser traiter de la sorte – c'est ce que je pense aussi. Je prends peu à peu conscience de la puissance des courants souterrains qui nous traversaient, mon frère et moi. Je nous croyais différents, dans un royaume à part, avec ses règles particulières, son bonheur et ses accrocs intimement liés, sa complexité, ses petites tortures. J'emploie le mot torture, mais pour notre entourage, il ne s'agissait que de choses insignifiantes, des *taquineries* comme disaient mes parents, arrête de taquiner ta sœur, toujours en train de l'asticoter, et ils riaient, ça les faisait rire les parents, les bénéfices secondaires, donc, sont difficiles à décrire car moi-même, en me relisant, il m'arrive encore de penser, comme mes parents et comme Tiago peut-être avant que je ne lui raconte toute l'histoire, qu'il s'agissait de jeux anodins.

Quand Mika me passait l'ortie sur les épaules : anodin.

Quand il disait au pharmacien que j'avais utilisé du gel capillaire en guise de lubrifiant : anodin.

Quand il me poussait vers le vide et prétendait qu'il m'avait sauvé la vie : anodin.

Des asticotages.

Il n'aurait tenu qu'à moi de me défendre pour que le rapport de force s'inverse. Mais je ne me défendais pas, je trouvais ça déplacé, la défense. Je ne supportais pas l'agressivité, j'y reviens, la mienne encore moins que celle des autres. J'étais profondément non violente, et même si ce n'était plus la mode, je dessinais des macarons *peace and love* sur mes sacs de classe. Ça aussi j'aurais dû le raconter avant, les *peace and love* et l'espoir qu'un jour mon frère s'apaiserait, et avec lui le monde. À moins que ce ne soit l'inverse : en vivant dans un monde moins violent, mon frère aurait trouvé l'apaisement. Il n'aurait plus eu besoin d'imposer son pouvoir et de m'appeler petite sœur, même si c'était touchant, je n'étais pas sa petite sœur.

On dit que la fratrie est un lieu de compétition. Et même que c'est cette compétition qui nous aide à grandir. Si c'est vrai, nous étions la preuve vivante du contraire, la représentation de l'amour à l'œuvre, voilà ce que j'ai cru toute mon enfance. Nous réinventions le fait d'être frère et sœur comme nos parents avaient rêvé d'une société différente, une société meilleure qui ne serait pas hantée, aurait pu dire la psychologue, par le meurtre du frère.

Agnès Darcq, je n'avais pas pensé à elle depuis longtemps. Je ne sais plus si je l'ai écrit, j'ai cherché ses coordonnées, et je les ai trouvées. Je ne l'ai pas recontactée, mais savoir que je peux le faire me rassure. J'aimerais connaître son sentiment sur tout ça : Mika est mort, ce n'est pas moi qui l'ai tué, mais le résultat est identique. Je suis redevenue fille unique, ou grande sœur peut-être, d'un frère qui devient chaque jour plus petit.

*

Quelque chose a changé depuis que j'ai parlé à Tiago. Je ne sens plus ce creux dans mon ventre quand je pense à Mika et à cette promesse qui nous tenait en prison dans la même cellule : *Je suis là, je serai toujours là pour toi.* Sa charge s'est envolée. Je n'y crois plus, le charme est rompu. Les derniers souvenirs se précipitent. L'appartement du quai Malo s'efface, il n'est plus qu'un décor, un support, une scène sur laquelle se rejoue notre passé. Le fleuve me donne l'exemple. Il a traversé tous les paysages, les a façonnés, sans jamais être autre chose que lui-même. Il n'a pas changé de sens. Il faut continuer maintenant, impossible de faire marche arrière. Aller jusqu'au bout. Jusqu'au delta. Jusqu'à la mer.

Je ne raconterai pas les jours et les semaines de cohabitation forcée avec Mika, la mesquinerie, les malaises, les tentatives d'explication, les bouteilles vidées. Pourquoi répandre tout ça au grand jour ? Je n'en vois pas l'utilité. Je ferme la parenthèse et reprends l'histoire deux mois après la nuit où tout a basculé, la nuit de la photo et des points de suture. Finalement, Mika a décidé de déménager. Il a trouvé un nouveau travail. Il m'a tout laissé, les meubles, la vaisselle, les draps, mais je n'en avais rien à faire, je ne pouvais pas garder la rue Falguière pour moi toute seule, je n'en avais ni le courage ni les moyens. Georgia m'a ouvert sa maison. Un mois plus tard, je me suis installée chez elle. J'avais du mal à travailler, du mal à tout, en vérité. Georgia mettait mon humeur sombre sur le compte de la séparation, j'étais tellement attachée à mon frère – trop attachée, disait-elle, je ne devais pas lui en vouloir s'il avait accepté ce boulot, il fallait bien qu'un jour il prenne le large.

Georgia ne savait rien sur ce qui m'était arrivé. Sur ce qui nous était arrivé, à Mika et à moi. Elle m'a soignée, m'a cajolée. Pour elle, ce changement de cap allait me permettre de cultiver mes *particularités*. Dans quel livre avait-elle lu cette phrase ? Elle confondait éloignement et indépendance, comme si l'attachement pouvait se cantonner aux limites de notre champ de vision. Loin des yeux, loin du cœur – je ne connais pas aphorisme plus imbécile.

À cette époque, Georgia fumait des cigarettes blondes qu'elle écrasait à mi-chemin, pour réduire sa consommation. Elle rallumait l'autre partie quand j'avais le dos tourné. La nicotine tachait ses dents et le coin de ses lèvres, une marque brune qu'elle frottait avec un coin de serviette humide en se regardant dans le miroir.

Des miroirs, il y en avait partout chez Georgia. C'était sa nouvelle astuce pour capter la lumière qui venait des fenêtres et la faire entrer jusqu'au fond des pièces. Dans ma chambre, je gardais les volets fermés. Georgia n'aimait pas ça, mais elle avait l'intelligence de ne pas les ouvrir à ma place. L'obscurité est un pansement, elle le savait, elle attendait que je me répare. Par une de ses amies qui dirigeait une revue de littérature franco-américaine, elle m'a trouvé un premier boulot. Je m'occupais des abonnements et du courrier. J'écrivais parfois des nouvelles qui, toujours grâce à ma grand-mère, étaient publiées dans la rubrique « Découvertes ». On appréciait mon travail. J'étais payée au lance-pierre, mais le lance-pierre me convenait. Au bout de quelques mois, comme j'allais mieux, Georgia m'a proposé de m'inscrire sur une application de rencontre. Je ne voulais pas la vexer, elle ne pouvait pas deviner ce qui venait de m'arriver avec Mika. Son initiative est tombée à plat. Je n'avais aucune envie de rencontrer quelqu'un. Aucune envie de faire l'amour. Je ne me caressais pas non plus, mon corps était derrière, en stand-by, asphyxié. Ou non : anesthésié. Je n'en souffrais pas, au contraire, j'étais bien toute seule. Et puis je n'étais pas toute seule, j'étais avec Georgia.

Pour me prouver que j'avais tort de refuser ce coup de pouce du destin, comme elle appelait l'inscription sur l'application de rencontre, Georgia a créé son propre compte. Et elle m'a prouvé que j'avais tort, enfin c'est ce qu'elle a cru, me montrant les messages d'hommes qui s'intéressaient à elle, et même de femmes, car Georgia avait coché la case bi, au cas où.

— Tu vois, disait-elle, si une vieille peau comme moi peut trouver son match…

— Tu es tout sauf une vieille peau, Georgia.

Un soir, elle m'a demandé de la prendre en photo avec ses cheveux dénoués et sa clope au bec (pour ne pas tromper sur la marchandise), puis elle a voulu me photographier à son tour.

Quand elle a pointé l'objectif vers moi, j'ai senti la peau du coq glisser dans ma main. Georgia m'a proposé de m'asseoir, j'étais très pâle, j'avais les jambes qui tremblaient. Elle est allée me chercher un verre d'eau. Je lui ai demandé de ne pas insister, pour le site de rencontre. De ne plus m'en parler, jamais.

XIV

Dixième semaine

Pour être fidèle à son idée de capter ce qui lui échappe, Tiago veut se lancer dans mon *jogging-portrait*. Il aimerait me peindre en courant. Il fait si beau, il n'a pas envie de s'enfermer dans son atelier et reporte son projet de peinture statique à l'hiver prochain, laissant en plan les tableaux de la petite fille sur le manège, du coq et du bouquet d'orties – je crois en vérité qu'il n'a plus du tout envie de parler ni d'entendre parler de Mika. Et moi non plus, ça tombe bien.

Jogging-portrait, donc. Je ne comprends pas bien sa proposition. Qui doit courir ? Moi ? Lui ? Les deux ?

— Toi, moi, les deux, tout est possible.

Puis il ajoute, pour que les choses soient bien claires entre nous, que je ne dois pas m'attendre à me reconnaître *physiquement*.

L'idée me plaît, mais je suis tellement prise par l'écriture que je n'arrive pas à trouver du temps pour la mettre en œuvre. Je mange en travaillant, le soir je me relis. Je n'ai pas beaucoup d'appétit, c'est vrai que j'ai maigri, ce n'est pas une victoire ni une défaite : c'est un constat.

Une seule chose me préoccupe : il faut que j'aille au bout de mon récit – le mieux serait que tu le lâches d'un trait, dit Tiago, façon sprint, sinon tu n'y arriveras jamais.

— Très gros morceau, ajoute-t-il.

Gros gros morceau en effet. Énorme bazar avec rebonds et retour de flamme. Écrire vite, pourquoi pas ? Mais me relire lentement. Profiter du silence. C'est peut-être ça, plus encore qu'une chambre à moi ou une chambre chez les autres, dont j'ai besoin aujourd'hui. Que personne d'autre que Tiago ne me demande sur quoi je travaille, si je suis contente de moi, si je suis inspirée, si je m'amuse bien, toutes ces questions qui appellent des réponses ordinaires. J'écris vite, donc, avec mon écriture penchée, mais j'ai du mal à me relire, alors je passe beaucoup de temps à corriger. La nuit, je doute de ma méthode. Ne devrais-je pas travailler directement sur l'ordinateur ? J'ai peur de m'être trompée encore, d'avoir perdu encore. Pourquoi m'être accrochée pendant tant d'années à mon écriture intime, celle en pattes de mouche, si c'est pour la laisser tomber aujourd'hui ? Et mon petit frère, l'amour porté à mon petit frère, il faudrait l'enterrer aussi ?

Mais alors, à quoi tenir ?

*

La suite, donc, façon sprint ou lancer de poids, avec retour en arrière pour prendre de l'élan. Que j'habite chez Georgia après le départ de mon frère ne gênait pas mes parents, du moment que je contribuais aux tâches ménagères et dans une moindre mesure aux frais d'hébergement. Ils s'inquiétaient de ça, que ma grand-mère manque d'argent, mais pour le reste, ils nous faisaient confiance. Eux aussi pensaient que Mika avait besoin de prendre son envol, ils ne lui en voulaient pas, et quand il a annoncé qu'il ne viendrait pas à Noël, ni pour le premier de l'An, mes parents se sont contentés de dire en tournant la tête de droite à gauche : Quel numéro, celui-là, quel numéro.

Pendant toute cette période chez Georgia, je n'ai eu aucun contact avec mon frère et je n'ai pas cherché à en avoir. J'étais dans un tunnel qui me protégeait du passé, je lisais beaucoup, tout ce que je trouvais chez ma grand-mère, sans vraiment choisir. En vérité, je déchiffrais plus que je ne lisais, comme mon père jouait les partitions qui lui tombaient sous la main, de façon compulsive, pour ne plus penser à rien. Je n'ai gardé aucun souvenir de ces lectures ni des conversations avec Georgia à leur propos. Je marchais beaucoup, toujours la même boucle qui passait par la côte. Sur le pan de falaise qui avait glissé, la végétation avait repris ses droits. Je traversais le quartier qui surplombait la mer, l'autre chemin était toujours barré. On me connaissait à force, on me saluait, je baissais les yeux. Je n'avais pas envie de parler.

Quand mon frère m'a donné signe de vie, un an et demi plus tard, c'était pour m'annoncer une mauvaise nouvelle. Une nouvelle que je devais garder strictement pour moi. Il était atteint d'une maladie grave. Une maladie orpheline. Il refusait de se faire hospitaliser, préférant vivre le reste de sa vie chez lui, un reste qui se comptait en mois, d'après ce qu'il avait compris. Si j'avais envie de venir lui rendre visite, j'étais la bienvenue, mais il ne fallait pas trop attendre. Il habitait près de la gare, ce n'était pas difficile à trouver. Si je ne voulais pas venir, il saurait à quoi s'en tenir.

C'est cette phrase qui m'a décidée à prendre le train. Cette idée que si je n'allais pas le voir, *il saurait à quoi s'en tenir*. Je trouvais ça tellement injuste parce que lui allait partir, et moi je devrais continuer à vivre avec ça, cette culpabilité-là. J'ai acheté mon billet, jusqu'au dernier moment je me suis demandé si j'allais l'utiliser. Et puis je suis partie, ou plutôt le train est parti et j'étais à l'intérieur, assise dans le sens opposé à la marche. J'avais l'impression de repousser le paysage avec mon dos. Des coquelicots dans un champ de maïs : j'ai repensé au velours de nos salopettes et au lait en poudre qui n'était pas bien mélangé, ça faisait des grains dans la bouche, comme de la cendre. J'ai fermé les yeux. Des enfants jouaient dans le carré famille, ils avaient l'air de bien s'entendre. Je me suis endormie, bercée par leurs voix. Bientôt, il faudrait se lever, vérifier que je n'avais rien oublié dans le train. Affronter la maladie de Mika. Une maladie orpheline, ça ne s'invente pas.

L'immeuble donnait sur une piste cyclable aménagée le long des voies, il y avait deux codes pour entrer et un ascenseur de verre. Le hall tout de marbre et d'acier brossé ressemblait à un columbarium, avec les boîtes aux lettres en guise de niches, ne manquaient plus, sous les noms, que les dates de naissance et de mort des habitants. À chaque étage, un oranger en plastique présentait des fruits parfaitement calibrés. La cage d'escalier était d'un bleu céleste. Seule tache dans le décor : un carton à pizza posé de travers sur le paillasson de Mika, avec une facture collée dessus. Et sous le paillasson, comme mon frère me l'avait indiqué lorsque je lui avais annoncé ma visite, il y avait les clés.

J'ai sonné deux coups brefs pour prévenir de mon arrivée. Je m'attendais à trouver l'appartement en désordre : tout était rangé, les meubles dépoussiérés, les carreaux propres, la poubelle vidée. Une aide ménagère devait passer régulièrement, une infirmière aussi peut-être, ça m'a rassurée. J'ai appelé mon frère, pas de réponse. Dans la chambre à coucher, la lumière était allumée. Mika était allongé sur son lit, habillé comme s'il allait à un mariage. Très droit, les mains croisées sur le ventre, le visage inerte. Ses cheveux étaient courts, bien coiffés, toujours avec cette mèche qui lui tombait dans les yeux. Il n'était pas amaigri, n'avait pas les traits tirés par la maladie, il avait même bonne mine, comme s'il avait mis du blush, lui qui détestait ça. J'ai remarqué en m'approchant que son oreille gauche était percée, un gros trou dans le lobe cerné d'une bague noire qui appelait le doigt. J'ai essayé de le réveiller, sans y parvenir. Je devrais le garder pour moi, mais au point où j'en suis : j'ai pensé un instant qu'il n'allait pas se réveiller, que je repartirais comme j'étais arrivée, sur la pointe des pieds, et j'en ai éprouvé une sorte de soulagement. C'était une histoire qui se terminait mal, mais au moins elle se terminait. Évidemment, je n'ai pas eu le temps de formuler cette pensée aussi clairement, mais elle était présente, avant la panique, avant même l'idée de le secouer ou d'appeler du secours. Et avant de découvrir dans les mains de mon frère un rectangle de papier sur lequel était écrit : *Sans toi, petite sœur, la vie n'a plus de sens.*

À peine avais-je lu son message que mon frère a bondi hors du lit. Il a dit comme si de rien n'était :

— Tiens, une revenante !

Se souvenait-il qu'il m'avait fait exactement le même coup quinze ans plus tôt ? Il s'était donné des coups de poing dans le ventre pour me montrer combien il était musclé. Des chaussures noires remplaçaient les chaussons en peau retournée. Mika n'était pas atteint d'une maladie orpheline, il avait juste envie de me voir, c'est ce qu'il m'a expliqué en débouchant une bouteille de champagne pour fêter nos retrouvailles. Il savait bien que je n'avais pas renoncé à cette idée que tout était sa faute, que si je l'avais mordu, c'était pour me défendre, et il pensait que ce serait bon pour moi que nous en parlions calmement.

Je lui ai assuré que je n'avais pas besoin de parler, comme il le prétendait, en ce qui me concernait les choses étaient claires. Contre toute attente, il n'a pas insisté. S'est montré gentil et prévenant, et de fil en aiguille m'a invitée à manger dans le meilleur restaurant du quartier pour se faire pardonner sa mauvaise blague. J'ai d'abord refusé, puis comme il me disait que ce serait sans doute le dernier repas que nous partagerions, non parce qu'il était malade, puisqu'il n'était pas malade, ou qu'il était fâché, parce qu'il n'était pas fâché, mais parce qu'il voyait bien que je n'avais pas envie de renouer avec lui, et qu'il respectait ma décision, j'ai accepté son invitation.

Ça me troublait qu'il analyse aussi froidement la situation. Et qu'il accepte aussi facilement de me perdre.

Je nous revois marcher côte à côte en prenant des raccourcis. Mika ne s'est pas changé avant de descendre, il a toujours son costume et sa chemise avec des boutons de manchette. Nous ne sommes pas du tout assortis, mais il s'en fout, et même : ça lui plaît de me voir en jean et baskets dans ce restaurant chic. Il insiste pour que je prenne une entrée, un plat et, le moment venu, un dessert, quitte à ne pas tout manger, et commande de bons vins, plusieurs verres de différentes provenances. La conversation est fluide, presque trop fluide. Nous parlons des performances de nos parents, avant notre naissance. Des exploits de papa à la télévision et de sa barbe qui changeait selon les saisons. De son rôle de niche, comme il le nommait – ce qui ne voulait pas dire qu'il jouait un chien, plaisantait-il, ha, ha, très drôle, mais un personnage récurrent dans une série interminable. Il passait beaucoup de temps dans une voiture à allumer des cigarettes, à les fumer ou à les éteindre, puisque c'était encore ce genre de chose qu'on trouvait intéressant de filmer pour représenter, nous avait-il expliqué, à la fois le présent (le feu) et la fuite du temps (la fumée). Nous parlons du portrait de maman sur l'affiche de *Naphtaline*, sa robe bleue et ses manches bouffantes serrées aux poignets, et de cette chanson qu'elle aimait tant, et qui l'inspirerait, nous ne le savons pas encore, pour sa performance de Bâle. Mika fredonne, il se souvient des paroles : Un tourbillon qui part du centre / Et des papillons dans le ventre

/ Qui battent, battent à l'unisson / Des papillons, des papillons…

Nos voisins de table nous observent du coin de l'œil, Mika baisse la voix. Il y a des choses qu'il ne peut partager qu'avec moi. C'est bien ça être frère et sœur, non ? Avoir assisté, depuis toujours, au spectacle donné par les mêmes adultes, dans une langue commune, un même lieu, une même époque, et en ce qui nous concernait pour ainsi dire au même âge. Nous avions été nourris par les mêmes chansons, les mêmes épopées et les mêmes absences.

— Quand je prononce le mot *tapaillon* tu vois exactement à quoi je fais allusion, idem pour la buée sur les vitres, l'oignon en rondelles, le blues hivernal, la peur dans les épinards, les papiers… Comment les parents disaient ?

— Floqués.

— Ah oui, les papiers floqués. Qu'est-ce que ça signifie exactement, tu le sais toi ce que ça signifie, floqué ? Qui font floc floc sur les murs, qui font…

Mika s'interrompt. Il me demande si j'ai envie de toucher sa cicatrice sur la lèvre. Il trouve qu'elle lui va très bien, qu'elle lui donne du caractère. Puis, comme je décline son invitation, il reprend d'un air navré :

— Tu m'en veux encore ? Dis-moi la vérité, ma Lilou, tu m'en veux ?

Il ne me laisse pas le temps de répondre. Il regrette d'avoir brûlé la photo du gentil petit couple avec le coq et la baguette, souvent il y repense, comme il repensait aux anagrammes des rubans funéraires. Regrets éternels, terrestre gelé, gens ou lettres serrées…

— Tu continues, en rêve, à mettre en scène ton enterrement ?

Après son déménagement, il s'était retrouvé tout seul dans un logement sinistre. Il avait pensé au suicide, pour se venger de moi. S'il était mort, je n'aurais plus eu le droit de le détester. Je comprends bien ce qu'il veut dire, et quand il me prend la main, je le laisse faire. Il la retourne, suit de l'index la ligne de vie. Nous sommes tellement proches de nouveau, uniques l'un pour l'autre, toujours ce terme qui revient, alors pourquoi nous mentir ? Mika le déclare sans détour ce soir-là : ce qu'il a écrit sur le petit papier, ce n'est pas de la blague. Il ne peut pas se passer de moi. Puis il se reprend :

— Façon de parler, dit-il en s'essuyant la bouche avec sa serviette, comme pour gommer ses paroles. Il peut se passer de moi, il en est capable, il s'est passé de moi tous ces derniers temps et il n'en est pas mort, finalement, mais ça le rend malheureux de m'imaginer seule chez ma grand-mère à faire mes petits boulots sans avenir.

— Tu mérites mieux que ça, non ? Mieux qu'un travail payé par-dessus la jambe.

— Tu dis par-dessus la jambe ?

— Oui, pas toi ?

— Moi je dis au lance-pierre. Tu vois, on est quand même différents.

Mika se redresse. Il veut que nous parlions sérieusement. Je ne peux pas continuer à vivre avec Georgia, ses conseils inutiles, ses copines et sa gymnastique suédoise.

— Tu as oublié les parties de Scrabble.

— J'aimerais t'aider, insiste-t-il, relire ce que tu écris, proposer tes textes à des éditeurs. Je pourrais devenir ton agent, j'ai étudié la question, et je crois sincèrement que je suis bien placé pour te représenter. Et même te révéler, voilà pourquoi je t'ai demandé de venir. Je suis désolé de t'avoir fait peur tout à l'heure, je m'en veux, je croyais qu'on pouvait encore jouer…

— Je n'ai plus envie de jouer.

— Tu as raison, il est temps de regarder les choses en face. On n'est pas comme les autres, tu le sais aussi bien que moi. C'est du gâchis de continuer à nous ignorer pour un malentendu. Tu m'as provoqué, dire le contraire serait…

Je retire ma main brusquement.

— Ce n'est pas un malentendu, Mika. Pas une petite chose sans conséquence. Et non, je ne t'ai pas provoqué.

— Tu en es sûre ?

Mika me regarde comme si j'avais douze ans. Il allonge les jambes sous la table, essaie de glisser son pied entre les miens. Je m'éloigne et mon geste l'agace.

— Ça va ! lance-t-il en levant les yeux au ciel. Tu me détestes, c'est ça ? Alors reste dans ta merde. Ta revue de merde et Georgia avec ses pancartes.

Il me traite de petite sotte.

Il ne dit pas conne, même pas. Il dit sotte.

Je me lève le plus calmement possible et quitte le restaurant.

Je me suis longtemps considérée comme une personne discrète, un personnage secondaire du roman familial, et si par moments mon frère me mettait sur un piédestal, c'était dans une fable qui n'était pas la mienne. Ça me convenait au début. Je n'aimais pas prendre de décisions, j'avais peur de me tromper. Pourtant ce jour-là, quand j'ai poussé la porte du restaurant en me tenant bien droite, sans un regard pour ce qui m'entourait, je savais que je ne reviendrais plus en arrière. L'air du dehors m'a donné du courage. Je m'attendais que Mika me rattrape, qu'il insiste pour que je revienne m'asseoir, qu'on s'explique au moins, qu'on ne se quitte pas comme ça, en pleine conversation, mais il n'a pas bougé de sa chaise.

Je l'aurais voulu brillant, éternellement, j'aurais aimé être fière de lui. Mon frère est sorti de ma vie de son plein gré, c'est ce que je m'étais dit en laissant la porte se refermer derrière moi. De son plein gré.

*

Je note : écrire pour reprendre la main. Il y a cette image de moi tirant des casseroles qui revient quand j'essaie de me décrire à la sortie du restaurant, après le dernier repas avec mon frère. Moi, tirant des casseroles pleines de tous les mots que Mika avait prononcés à ma place, tous ces mots déplacés. Pleines de tous ces gestes qu'il avait faits pour moi, attacher mes lacets, par exemple, pour être bien sûr que je n'apprendrais pas à les attacher toute seule. Il s'agissait maintenant de couper les derniers liens, un à un.

XV

Derniers jours

Le printemps est revenu d'un coup, le jardin botanique a changé de couleur. Fini les gelées matinales et les doigts qu'on réchauffe en soufflant dessus. Anémones et crocus ont envahi les berges du lac, le jour s'étire, les arbres prennent corps. Ce mercredi, alors que je marche dans l'allée principale, tout est solide, bien dessiné. Les contours sont nets, les verts crus, les jaunes lumineux, comme dans ces chromos de la fête des fleurs que Georgia avait encadrés dans sa cuisine. Je suis sur le point de m'asseoir sur le banc où j'ai rendez-vous avec Tiago quand une sensation étrange me fait lever la tête. Un berger allemand se tient immobile, arrêté dans sa course à quelques mètres de moi. D'où sort-il, de quel fourré ? Je ne l'ai pas entendu arriver. Sa gueule et ses pattes campées dans le sol forment un triangle. Mon rythme cardiaque s'accélère, j'ai chaud, je me sens tellement vulnérable. Je sais qu'il ne faut pas que j'essaie de m'enfuir, que je dois rester calme, mais avec quel courage ? Il grogne, montre les crocs, je revois le lavabo de la rue Falguière, le rouge du sang sur l'émail. Deux points de suture, *quand même.* Le chien aboie maintenant, la gueule bien ouverte, et je me dis tant qu'il aboie, il ne mord pas. Deux filets de bave coulent sur son plastron, deux lignes laiteuses qui tressautent à chaque coup de gueule, heureusement une voix providentielle appelle le chien – son maître arrive tout essoufflé. Un instant, je crois reconnaître le vétérinaire, mais non, ce n'est pas lui. Il saisit le collier et tire l'animal en arrière.

— Au pied, ordonne-t-il, pas bouger !

Le chien obéit mais continue à me regarder de travers. Je porte le pull de Gabriel, avec ses manches trop longues et son trou de mite, je l'aime bien, il est souple et rassurant. L'homme me présente ses excuses, la laisse, explique-t-il, lui a filé entre les doigts. Et à propos de doigts, ce sont mes mains cachées qui ont inquiété son chien, parce qu'il n'est pas comme ça d'habitude, il est très calme, très doux, c'est un amour. Il a dû penser que je tenais une arme, un couteau, oui, il a dû se sentir menacé, sinon comment expliquer son agressivité ? Encore un peu et tout est ma faute.

— Il s'est senti attaqué, répète-t-il, vous comprenez ?

Eh bien voilà, disons-le clairement : si le chien tremble à présent, la queue entre les jambes, c'est à cause de moi. Et de mes manches.

Intéressant.

Je repense à la main courante que je n'ai pas déposée. À la marque de mes dents dans la croûte du mille-feuille, il faudra que je pense à sortir le gâteau avant le retour de Gabriel. Un message sur mon téléphone, le chien dresse les oreilles : c'est Tiago qui m'écrit, il aura un peu de retard, il s'excuse. Un deuxième message s'affiche juste après : Gabriel Tournon m'indique l'heure d'arrivée de son train. Il me propose de l'attendre quai Malo et ajoute (troisième message) que je ne dois pas me prendre la tête avec le ménage.

Trop tard Gaby, j'ai même fait les carreaux. Il ne me restera plus qu'à mettre les draps et les serviettes de toilette dans la machine. Et le peignoir, ne pas oublier le peignoir. Et le torchon de lin bleu.

Maître et chien sont partis, je les vois s'éloigner. Mon téléphone vibre à nouveau, décidément. Maman me demande si elle peut me parler, ça a l'air urgent. Elle a quelque chose d'important à me demander. Est-ce que je lui donnerais l'autorisation d'utiliser la boîte à secrets de Mika dans son exposition ?

Je ne m'attendais pas à ça. Maman a longuement pesé le pour et le contre et c'est sur la pointe des pieds qu'elle vient vers moi à ce sujet. J'ai parfaitement le droit de lui dire non, elle le comprendrait très bien. Ce n'est pas parce que je refuse l'héritage de mon frère qu'elle doit se l'approprier. Ce qu'elle aimerait en faire ? La placer dans un cube en plexiglas, à l'entrée de la galerie.

— Fermée, je te rassure, il n'est pas question de l'ouvrir.

Je ne réponds pas tout de suite, il faut que je réfléchisse. Maman ne peut pas savoir que cette boîte contient aussi des cendres, et pas n'importe quelles cendres – celles de notre amour tendre, avait dit Mika d'un ton arrogant.

Quand Tiago arrive, je lui demande son avis. En tant qu'artiste, il trouve que c'est une belle idée, mais bien sûr c'est à moi de décider. J'imagine le vernissage. J'ai un mauvais pressentiment. Cette boîte close, exposée à la vue de tous, ces secrets doublement enfermés ne manqueront pas de susciter la curiosité des visiteurs. Je n'ai pas envie de me retrouver seule, confrontée à leurs questions pendant que ma mère papillonne dans sa robe de viande. Tiago hoche la tête, oui, sans doute, j'ai raison, puis soudain il propose de m'accompagner au vernissage avec son costume de *jogging-crabouilleur* – pour documenter l'événement, dit-il, comme ça, je ne serai pas toute seule. Je pourrai m'appuyer sur lui. J'imagine le sourire de maman quand nous entrerons dans la galerie et la boîte à secrets perd de sa gravité. Les cendres de notre amour tendre, et puis quoi encore ? Cette photo représentait le pire de ce que nous avions vécu, si Mika ne l'avait pas brûlée, c'est moi qui l'aurais fait. Que ma mère l'utilise dans son travail, c'est la meilleure façon de m'en débarrasser.

Le soleil apparaît entre les nuages, il fait chaud, ces premières chaleurs du printemps qui font rougir la peau. Tiago m'aide à enlever mon pull. Dans les manches, il n'y a ni arme ni couteau, il y a des bras pour serrer, des mains pour écrire et pour caresser.

*

Le compte à rebours se poursuit. Plus que deux jours avant de quitter le quai Malo. Dernier arrosage, dernière mouche, derniers rangements. Belize, Bruno, Carcasse, de nouveaux noms apparaissent, et d'autres : je les reconnais. Les péniches en se croisant écrivent des phrases en pointillé. Des phrases à trous, que je complète mentalement. Le fleuve va me manquer. Je décroche le chiffon de Tiago. Il y a une trace sur le mur, je pourrais facilement la cacher derrière une touche de correcteur, mais je ne la cache pas. Ce sera ma marque, ma signature.

Maman a encore appelé pour caler deux ou trois choses, son impatience amuse Tiago. Elle a hâte de me retrouver à Bâle. Et à propos de téléphone… J'ose à peine le dire tant ça semble téléphoné.

Virgile a refait surface.

Je l'ai surpris ce matin sur le canapé rouge, passant et repassant la patte par-dessus son oreille. Je me suis approchée lentement, il m'a fixée de ses yeux dorés, le temps de compter jusqu'à trois il avait sauté par-dessus le bras du canapé et s'était caché sous le fauteuil. Sa queue dépassait de l'assise, bougeant de droite à gauche et s'enroulant sur elle-même comme si elle voulait attraper le vide. Virgile est un joli chat tigré, de ceux que l'on rencontre dans les livres. Quand je m'approche avec un bol de croquettes, il sort son museau, mais comme j'essaie de le toucher, il s'enfuit par l'autre côté du fauteuil et, prenant son appel, bondit sur la console. La plante vacille, elle va tomber, déséquilibrée par sa sixième bouche, mais non, elle ne tombe pas, et Virgile la regarde comme s'il s'inquiétait pour elle. Ce qu'il y a à tirer de tout ça ? Je n'en ai pas la moindre idée. Georgia a raison, le plus simple serait de faire revenir le chat plus tôt. Ou non. Le plus simple serait de faire disparaître la disparition, la garder pour moi, comme un détail sans importance.

L'absence de Virgile, un détail ? Le pull aussi peut-être, un détail, et la pierre, les pétales des cerisiers, le foulard de Mika, les capitons du canapé, le chauffage dans les chambres, le manège et les crottes de pigeons, oui, allons-y, détails, détails, à ce compte-là à quoi bon écrire ? Tout n'est que détail. J'ai demandé à Tiago si je pouvais rester chez lui après le retour de Gabriel. Détail ? Il m'a répondu qu'il allait me libérer une table. Il avait l'air heureux.

Bonheur, bonheur, bonheur, j'ai envie de crier ce mot. Cette nuit, j'irai déposer devant la porte du vétérinaire des sacs de litière et des croquettes pour ses protégés, c'est bien ça qui doit disparaître de l'appartement avant mon départ. Et à Gabriel, je raconterai tout plus tard, je ne me sens pas le courage de le faire maintenant. Que Virgile ait mangé les croquettes de son maître ou celles d'un voisin, quelle importance, du moment qu'il a mangé. Et pour son vaccin, eh bien, son vaccin… il n'y aura qu'à prendre un nouveau rendez-vous.

Une chose encore avant de m'effacer.

Pour créer les origamis dans les règles de l'art, Georgia avait offert à Mika un plioir en os, je me demande ce qu'il est devenu. C'était un objet précieux qu'elle avait commandé sur un site japonais, je crois qu'elle l'avait payé très cher. Il était plus court que les plioirs habituels, et plus pointu, ce qui permettait de l'utiliser pour tracer les plis. Je me souviens de l'index de Mika appuyant sur la tranche de l'outil pendant que je tenais la feuille. À force, mon frère avait une marque, une espèce de fente dans le gras du doigt qu'il me montrait comme on montre une blessure de guerre. Quand l'origami était fini, nous le regardions longuement en silence. Mika le faisait tourner, il admirait la perfection des angles. J'aimais ce moment suspendu, et le sourire de Mika quand il était content de lui. Pas un sourire mécanique, non, un vrai sourire qui illuminait son visage. Pourquoi faudrait-il se priver des bons souvenirs ? Je resterai toujours la sœur de ce frère, celui qui sait, d'une chute de papier, faire une boîte à secrets. Celui qui me disait quand j'avais la tête dans les nuages : *T'es où, ma Lilou, en Argentine ou au Pérou ?* Celui qui m'a fait grandir quand je ne souhaitais qu'une chose : rester petite.

Celui qui m'a entourée de son affection.

Je continuerai à l'aimer, car en ne l'aimant plus c'est moi que je punirais. Quant à l'autre, le grand Mika, celui qui veut me donner ses cendres, qu'il disparaisse de ma vie. Il pourra faire le mort dans mes rêves tant qu'il voudra, je n'irai pas le sauver. Que son fantôme aille au diable, je n'en ai plus besoin.

Jamais je ne remercierai assez Georgia de m'avoir incitée à partir, et d'avoir cru en moi, cru en ma capacité d'écrire. Et jamais assez de remerciements pour Gabriel Tournon. J'ai hâte de voir à quoi il ressemble. Avec Tiago, on s'amuse à tracer son portrait-robot. Il sera très bronzé, le visage émacié, le regard lumineux des voyageurs qui reviennent d'un long séjour en Inde. Assez grand, avec des épaules étroites. Une chemise de couleur, peut-être de la soie ? Un sticker de Ganesh sur sa valise, un autre de Shiva. Et des sandales. Ça nous fait rire, les sandales. De belles sandales en cuir tanné qu'il a achetées sur le marché de Bangalore.

*

Tiago a inventé un nouveau système pour accrocher la toile à son buste, plus léger et plus élégant que l'ancien. Il va l'inaugurer à Bâle. Les brides sont en cuir brun, comme ces sandales que nous avons imaginées aux pieds de Gabriel – ce sont elles qui lui ont donné l'idée. Elles ne sont pas attachées avec des velcros, comme les courroies de l'ancien harnais, mais simplement glissées dans des boucles en laiton avec une petite boule en guise de fermoir qui me fait irrésistiblement penser à la partie émergée du clitoris. Tiago secoue la tête, tu ne vas pas écrire ça, quand même ?

Et pourquoi je n'écrirais pas ça ?

Mon corps se réveille, le désir le transforme, on dirait qu'il s'est assoupli. Tiago est toujours aussi attentif. Il a compris que j'avais du mal à accepter la tendresse des hommes. Il la déguise. Me caresse avec son pinceau. Parfois, il ajoute des couleurs et je deviens le support, son support avec mes bras et mes jambes enroulés autour de son cou et de sa taille en guise de lanières. Je croise mes pieds nus dans son dos, alors tout semble possible, même l'avenir.

L'autrice remercie chaleureusement Le Phare (CND, Le Havre), La Maison Kifailangle (encore Le Havre), la Villa La Brugère (Arromanches), la Scène nationale de Dieppe, la Villa Salammbô (Tunisie) et l'association Les plumes de Léon (Saint-Léon-sur-Vézère) pour lui avoir offert, au fil de l'écriture itinérante de ce roman et de ses relectures, une chambre chez les autres.

Un coup de chapeau amical à Michel Lascault, créateur du running-crabouillage (ou running-scrawls), grand frère du jogging-crabouillage et du jogging-portrait de Tiago. Et une pensée pour l'autrice ou l'auteur de la petite annonce qui m'a inspiré l'histoire de Virgile. Une annonce étrange, sans description, scotchée sur un panneau d'affichage : « Perdu chat, récompense », suivie d'un numéro de téléphone. Pas de photo, rien. Quelques semaines plus tard, quelqu'un avait rayé l'annonce, sans l'enlever. Sous le texte était simplement écrit « Retrouvé ».

Œuvres de Marie Nimier (suite)

Aux Éditions Hazan

DES ENFANTS, 1997, photographies Sabine Weiss.

Aux Éditions Albin Michel jeunesse

COMMENT L'ÉLÉPHANT A PERDU SES AILES, 1997, illustrations Hélène Riff.

LES TROIS SŒURS CASSEROLES, 2000, illustrations Frédéric Rébéna.

CHARIVARI À COT-COT CITY, 2001, illustrations Christophe Merlin.

LE MONDE DE NOUNOUILLE, 2001, illustrations Clément Oubrerie.

AU BONHEUR DES LAPINS, 2015, illustrations Béatrice Rodriguez.

Aux Éditions Gallimard jeunesse

UNE MÉMOIRE D'ÉLÉPHANT, 1998, illustrations Quentin Blake.

LES TROMPES D'EUSTACHE, 2005, illustrations William Wilson.

LA KANGOUROUTE, 2006, illustrations William Wilson.

Aux Éditions Paris-Musées

ETNA, LA FILLE DU VOLCAN, 2003, illustrations Hervé Di Rosa.

Aux Éditions Benjamin media

MIMINE ET MOMO, 2012, illustrations Thomas Baas, musique et chant Élise Caron.

Composition : IGS-CP à L'Isle-d'Espagnac (16)
Achevé d'imprimer
par CPI Firmin-Didot
à Mesnil-sur-l'Estrée, en août 2022
Dépôt légal : août 2022
Numéro d'imprimeur : 170399

ISBN : 978-2-07-298396-2/Imprimé en France

440772